© 2020 Decoux-Lefoul, Edwige
Édition : BoD – Books on Demand,
12/14 rond-point des Champs-Élysées, 75008 Paris

ISBN : 978-2-32220-337-6

Le Code de la propriété intellectuelle interdit les copies ou reproductions destinées à une utilisation collective. Toute représentation ou reproduction intégrale ou partielle faite par quelque procédé que ce soit, sans le consentement de l'auteur ou de ses ayants droit, est illicite et constitue une contrefaçon, aux termes des articles L.335-2 et suivants du Code de la propriété intellectuelle.

Edwige Decoux-Lefoul

L'énigmatique biographie des Coatarmanac'h

roman meurtrier

 Edwige Decoux-Lefoul est née en 1951 à Combourg en Bretagne. Elle plantera ses racines familiales dans le Pays Bigouden jusqu'à trente-cinq ans, avant de venir vivre et travailler à Paris. De cette région, à l'histoire riche et à forte culture, de la mer, des embruns, de la lumière, des côtes sauvages, des phares, des bateaux et des amis, elle y puisera une inspiration et une imagination débordante que l'on retrouve dans ses écrits.

Si l'essentiel de ses ouvrages est confidentiel ; biographies privées, carnets de voyage, chroniques maritimes, livres pour ses petits-enfants, elle nous offre le plaisir de découvrir ses talents d'écrivaine à travers trois romans meurtriers remarquables et hors des codes classiques de la littérature policière : « Trajectoire de collision », « l'Esquinte » et «L'énigmatique biographie des Coatarmanac'h». On retrouve dans ce nouveau roman meurtrier son activité de biographe, ses pérégrinations à travers le monde, ses lieux de vie, et son vif intérêt pour les médecines naturelles.

Son site : www.ancre-memoire.com

Du même auteur

Les chroniques de la Marie-Madeleine
Récits de navigation
Collection Ancre-Mémoire 2011

Trajectoire de Collision
Roman policier
Édition de Saint Alban 2014

L'Esquinte
Roman meurtrier
Édition Publishroom 2016

Je remercie,
Gaïd Girard et Françoise Arvault pour leur lecture, leurs conseils et leurs apports bienveillants.
Brigitte Delaborde et son magnifique bouquet de fleurs toxiques pour la couverture de ce livre.
Philippe Dibling pour sa lecture, son écoute, son infinie patience et sa présence.

Et je dédie ce livre à mes trois petits loups,
Sylvain, Johan et Loris,
mes sources de bonheur et d'inspiration.

Mais toute ombre, en dernier lieu,
est pourtant aussi fille de la lumière
et seul celui qui a connu
la clarté et les ténèbres, la guerre et la paix,
la grandeur et la décadence a vraiment vécu.

Stefan Zweig
« Le Monde d'hier »

Le juge

François Gallois, le Procureur de la République était dans son élément. Réunir toute la magistrature bretonne, ainsi que les préfets de police des quatre départements concernés dans la grande salle de réunion du palais de justice de Quimper n'avait pas été chose facile. Fêter cet événement était important et le roi de la fête méritait bien toute cette énergie.

Il se trouve que le roi de la fête c'est moi, un peu gêné, très honoré, heureux d'être présent envie de rentrer chez moi. Voilà bien quelques contradictions que je n'affronterai pas avec Justine, mon épouse qui me glisse à l'oreille : « N'oublie pas de respirer et laisse-toi aller… inspire à fond… expire, lentement. »

Comme si j'avais le temps de respirer. Tout le monde venait me saluer et me rappeler des anecdotes que j'avais souvent oubliées, me solliciter sur des sujets qui, dorénavant, ne me concerneraient plus…

Je me surprenais à attendre les discours même s'ils étaient comme souvent un peu trop nombreux, un peu longs, un peu pontifiants, assez politiques mais comme le soufflait Justine : «Respire!»

Et puis, c'est François qui clôturait les honneurs :

«J'ai la tristesse de présider le pot de départ à la retraite de notre confrère et collègue Corentin Beltaine…

Vous le connaissez tous, il a jugé dans toutes les chambres de la région de Bretagne

Vous le savez tous, Corentin est un juge intègre et droit. Avec humanisme et bon sens, il avait le don de faire coïncider la loi et la justice ce qui parfois n'est pas une mince affaire.

Pour mon bonheur, Corentin est surtout un ami. Nous avons, depuis les bancs des différentes écoles et universités, trottiné ensemble dans les tribunaux, les salles et salons de la République mais aussi ceux de restaurants et nos domiciles réciproques. Ma femme aime dire que "derrière chaque grand homme il y a une très grande femme". Je vais donc rendre la part qui revient à Justine, son épouse. Concomitant à ses activités professionnelles, elle partage, avec Corentin, son intelligence, sa culture, son humour et sa joie de vivre. Je leur souhaite à tous les deux une longue et belle troisième partie de vie.

En qualité de procureur, je suis heureux de reprendre de la main droite le maillet symbole de sa profession et en tant qu'ami, lui remettre de la main gauche ce plumier et ce stylo, symbole de sa nouvelle activité... »

Les chaleureux applaudissements terminés, c'était à mon tour de prendre la parole. « Respire »... Après les remerciements d'usage, je flattais un peu, mais pas trop tout de même... le plaisir que j'ai eu à... mais, pas que... et quelques anecdotes connues de certains, je lève vers l'assistance mon plumier d'école primaire :

— Pendant quarante ans, j'ai entendu des histoires de vie invraisemblables, des éclats de vie piétinée, brisée, humiliée, volée, violée... Combien de fois me suis-je surpris à dire : « cette histoire, il faudrait l'écrire ».

Alors tout naturellement, j'ai décidé d'accompagner l'écriture des récits de vie, de belles histoires, autant que faire se peut. J'ai réalisé une première biographie, celle de mon ami François, et cette expérience m'a conforté dans ma décision. Afin de légitimer ma nouvelle orientation professionnelle, j'ai suivi une formation officielle. Je suis donc, à partir de maintenant, biographe privé et à votre disposition.

Nouveaux applaudissements, nouvelles congratulations, petits fours et Champagne clôturent cette cérémonie. Dans ce brouhaha et les bousculades, un rayon de soleil apparut dans mon champ de vision. Marine, une de mes petites filles ; elle me cherchait, accompagnée de son amie d'université, une étrange et belle indo-bigoudène.

— Grand-père, je te présente enfin Mahima, c'est une spécialiste des histoires d'amour qui finissent bien, sinon elle les réécrit, et j'aimerais bien que tu lui racontes la vôtre, à toi et grand-mère.

— Sauf que maintenant, c'est moi qui écris les histoires de vies, pas le contraire...

— Allez grand-père, ne fait pas ta chochotte.

— Un peu de respect pour le nouveau retraité je te prie jeune fille, et je ne suis pas certain que ce soit le lieu et le moment.

— S'il te plaît... et puis tu vas te mettre à la place de ceux qui racontent...

— D'accord, dans mon "bureau" dis-je en désignant le balcon du Palais de Justice... »

Les deux jeunes amies retrouvent leurs têtes de petites filles devant la promesse d'une belle histoire, et je craque :

— Il était une fois, Justine et moi. Nous nous sommes rencontrés le nez collé sur la liste des résultats du baccalauréat. Nous étions dans le même lycée et pour une raison qui nous échappe encore, nous ne nous étions jamais croisés.

Je regardais dans la liste des B, et elle, des C, et nous nous sommes retrouvés nez à nez. Nous avons découvert nos noms au même moment et crié notre joie ensemble. Spontanément, nous sommes tombés dans les bras l'un de l'autre pour nous féliciter mutuellement et c'est devant un lait fraise que nous avons commencé à parler.

— Beltaine ? Tu t'appelles Beltaine, comme le feu des druides ? Le passage de la saison sombre à la saison claire, le renouveau de la nature, les rites de passage ? Waouh, tu veux bien m'épouser ?

— Ben, ça dépend de ton nom !

— Justine Cloarec !

— Oh la vache ! Ah oui, tu es obligée de changer de nom.

— Voilà les filles, allons retrouver nos invités.

— Ah non ! crient les jeunes filles ensemble, la suite !

— Depuis plus de quarante ans, à la pleine lune de mai, nous allumons un feu de Beltaine sur la plage et nous sautons par-dessus pour renouveler notre amour.

— Et alors ?

— Eh bien, nous nous mariâmes et nous eûmes trois enfants puis des petits enfants et nous fûmes encore plus heureux. Ça te plaît Mahima, tu as besoin de réécrire notre histoire ou bien ?

— Ou bien ! dit-elle avec un magnifique sourire à fossettes, vous vous êtes mariés tout de suite ?

— Nous avons commencé nos études : littérature et théâtre pour Justine, droit pour moi. Nous nous sommes mariés lorsque je suis rentré à l'école de la magistrature et Justine au lycée en tant que professeur de français.

— Et avant de vous marier, vous viviez ensemble ?

— Oui mademoiselle nous avons « grave fauté » comme vous le dites maintenant.

— Grand-père, pourquoi toi et grand-mère avez choisi de vivre à Loctudy ?

— Vivre au bord de la mer fut, pour nous, une évidence ; l'achat de notre maison, sur la corniche « Cale-Plage », n'a soulevé aucune question. Nous avons amarré toute notre vie sur le granit de cette superbe côte du Sud Finistère ! Bateau, pêche en mer et pêche à pied ont été et sont toujours nos loisirs familiaux. Vous venez tous régulièrement vous ressourcer à la maison. C'est, pour ta grand-mère et moi un beau cadeau.

— Vous ne la vendrez jamais cette maison, n'est-ce pas grand-père ?

— Non pourquoi ?

— Parce que c'est notre maison et je veux être magistrat comme toi et vivre ici aussi.

C'était ma plus belle récompense de la soirée. J'ai hésité entre les larmes ou serrer ma petite fille dans mes bras et finalement, j'ai fait les deux. C'est Mahima qui nous a fait reprendre notre respiration avec un joyeux : « Il n'y a rien à changer, je prends votre histoire. »

Voilà, je tourne la page de la justice pour retrouver une vie calme et sereine.

Le biographe

Le local qui nous servait à ranger le matériel de plage donnait sur la mer. Il était idéal pour le transformer en un bureau clair et confortable. Nous l'avons bien isolé, posé une grande fenêtre face à la mer et une porte digne de ce nom. Mon cocon serait bientôt prêt pour ma nouvelle activité.

Par la fenêtre, je peux admirer les mouvements de la mer. Elle monte et descend inexorablement et plus ou moins fort en fonction des coefficients. Quoi qu'il arrive, elle nettoie notre plage et lèche le mur de notre maison deux fois par jour par la force des marées. De ce fait, les gens passent mais ne s'installent pas sur notre lopin de sable blanc.

Je ne me lasse jamais du ballet incessant des bateaux de toutes sortes qui entrent et sortent par le chenal, sous la fidèle surveillance du phare de la Perdrix.

Nous avons une magnifique vue à 180 degrés. Au fond, à bâbord toute, un aber verdoyant nous invite à remonter la rivière de Pont-l'Abbé ; notre chemin des écoliers préféré pour nous rendre en zodiac au grand marché de cette ville le jeudi matin.

En tirant légèrement la barre, l'île Tudy tend désespérément sa cale vers le port de Loctudy qui, par des temps très anciens, dit une légende, dormaient dans les bras l'un de l'autre. C'est sans compter sur la grande plage de Combrit qui souque solidement l'île pour l'amarrer au port de Sainte-Marine.

En tribordant encore légèrement, on devine Sainte-Marine, séparée de Bénodet par l'embouchure d'une des plus belles rivières de France : l'Odet. Une histoire d'amour impossible entre un petit port du pays bigouden et la grande station balnéaire du pays Glazik.

Apparemment, le paysage peut sembler figé, mais les saisons et le soleil produisent une lumière si variée, que chaque jour est un nouvel émerveillement.

Bon, au travail !

Mes livres préférés prennent place sur des étagères neuves. La maquette de la *Marie-Madeleine*, le bateau sur lequel nous naviguons avec des amis, repose sur un socle en bois. Justine aménage un confortable coin lecture. Elle cale une petite table adossée au pied de la lampe, qui éclaire chaleureusement un York chair en cuir vert foncé qui vient de trouver enfin sa place. Je la soupçonne de s'installer un nid douillet dans mon antre.

Assis à mon bureau, je me sens bien. Je fais parfois des retours en arrière sur ma vie et je m'interroge sur des décisions que j'ai prises à un moment donné : « si je devais refaire tel choix est-ce que je changerais quelque chose » ? Non ! Oh bien sûr avec mon travail, j'ai souvent eu des doutes, j'ai fait quelques erreurs de jugement, quelques-unes que j'ai pu rectifier, d'autres, non ! Mais en général j'ai fait de mon mieux. En tout cas, en ce qui concerne mon histoire, on ne trouvera rien qui pourrait faire l'objet d'une biographie.

La vie des gens heureux n'intéresse personne.

Le client

Je souriais béatement quand mon regard fût attiré par un homme âgé, perché sur un gros rocher encore mouillé par la marée descendante et il gesticulait dangereusement. Engoncé dans un Barbour vert foncé et coiffé d'une casquette arrondie, les oreillettes rabattues sur ses écoutilles, il m'appelait. Je descendis sur la plage, et me dirigea très vite vers lui. Je grimpai sur son promontoire, histoire de me hisser à son niveau et pour le rattraper avant qu'il ne perde l'équilibre. Il faut dire que trois mouettes tournaillaient assez près de lui comme si elles voulaient le faire chuter.

— Bonjour, je peux vous aider ?
— J'ai lu le journal ce matin ; c'est bien vous le juge qui écrit des biographies ?
— Oui, c'est moi, enfin, je débute.
— Alors c'est vous que je veux voir. Mon Ombre et moi avons décidé de finir notre vie et il est temps pour moi de raconter notre histoire.

— Ah oui ? Il me semble que nous nous connaissons.

— Certainement, je suis votre voisin, j'habite le château rose et je suis le dernier des Coatarmanac'h, mais je vous en prie, appelez-moi Rohan !

— D'accord, si vous m'appelez Corentin !

— Parfait Corentin, demain matin, dix heures au château ? Ça vous convient ? Je vous y attendrai ! Le vieil homme descendit de son promontoire avec souplesse pour son âge et s'éloigna, suivi des trois mouettes qui, à ce qu'il me sembla, l'accompagnaient.

Quant à moi, resté sur mon rocher, un peu surpris par la rapidité de la commande, je restai pantois. C'est aussi facile que ça ? Drôle de bonhomme tout de même. Et c'est quoi ces volatiles canins ? J'ignorais que l'on pouvait dresser des oiseaux ?

— Que veut le châtelain ? demande Justine me qui rejoint.

— Je commence ma première biographie demain matin au château rose. J'ai même pas eu à parler de tarif, de fonctionnement de… je ne sais pas moi, mais…

— C'est une bonne nouvelle ?

— Oui ! Il faut que je travaille, que je relise la formation pour…

— Non Corentin ! Tu m'as dit que c'était une occupation, pas un travail. Alors laisse-toi porter.

Écoute comme tu sais le faire, pose des questions si besoin pour aviver les souvenirs, et écris l'histoire. C'est tout. Laisse ton métier derrière toi et passe à autre chose.

Facile à dire… je file dans mon antre pour réfléchir, faire des recherches sur la famille Coatarmanac'h, vérifier mon matériel et… Ah oui, respire !

Demain, je commence.

1ᵉʳ enregistrement : l'enfance

Il y a trente ans déjà, pendant le règne d'une petite princesse nommée Maëlys, notre fille aînée, le château rose de la plage était sa « Royale Demeure ». Elle et ses poupées y séjournaient et son imagination n'avait aucune borne. Les Couronnes du monde entier s'y réunissaient et la splendeur de la bâtisse n'avait pas d'égale.

Si Maëlys me voyait aujourd'hui entrer dans « son château », que penserait-elle ?

À l'heure prévue, je franchis l'entrée de la propriété par la rue de la Palue. La maison du gardien est fermée et j'avance entre les arbres, en direction de la mer. Le petit château s'impose à moi, par surprise ; stupéfaction encore plus grande quand je constate l'état de délabrement de la « Royale Demeure ». Holà, elle a morflé…

Je n'ai pas le temps de détailler l'ampleur de la dégradation. Rohan de Coatarmanac'h est là, sur le perron et me salue.

Je ne connais pas son âge, mais cet homme a de la classe. Il se tient droit, son allure est sportive, une masse de cheveux blancs ondulés, encadre un visage carré, bronzé et pratiquement sans rides. La couleur de ses yeux se confond avec celle de la mer, un bleu profond où certainement beaucoup de femmes ont dû se noyer... Oups, pas de projection !

— Pas très glorieux n'est-ce pas ? me dit le châtelain. Je suis le dernier de la lignée, et je n'ai pas le courage de me lancer dans la rénovation. Seuls les jardins sont préservés par la Reine des graines. Entrons voulez-vous ? Nous nous installerons dans la cuisine, c'est là qu'est le cœur de ma vie. Là où mes plus beaux souvenirs ont été mitonnés.

J'entre dans la pièce, je suis happé par une atmosphère chaleureuse et enivrante. Troublante même, parce qu'aussitôt je retrouve mon enfance, assis sur les genoux de ma grand-mère qui sentait toujours le savon à la rose. J'ai le souffle coupé, je crois que je rougis d'émotion.

— Oui ! dit le vieil homme avec amusement, ça me fait toujours le même effet lorsque j'entre dans cette cuisine.

L'énorme cuisinière Aga beige, encastrée dans l'ancienne cheminée, est la pièce maîtresse de ce lieu. Majestueuse avec ses cinq portes et ses trois couvercles en demi-sphère rabattus sur les anneaux de cuisson. Sur un côté, sa fontaine qui fournit de l'eau chaude et le four du bas ; l'étage où l'on place les chaussons pour se réchauffer les pieds. Un tas de bois et un seau plein de charbon sont rangés entre les murs de la cheminée et sur l'autre côté de la cuisinière. Elle fonctionne toujours.

Voilà que mon esprit s'évade déjà !

Les placards occupent l'essentiel des murs et doivent tenir grâce aux couches successives de peinture vraisemblablement blanche à l'origine.

Je n'ose imaginer le nombre de repas préparés et pris sur la grande table entourée de ses bancs, et c'est là, naturellement que je prends place pour commencer mon travail de biographe privé.

Et je me lance :

— Rohan, vous m'avez dit ne plus avoir de famille, alors, pour qui ou pourquoi souhaitez-vous réaliser votre biographie ?

— Ne vous souciez pas de cela pour l'instant. Votre prix sera le mien. Voici une première avance, dit-il en poussant une enveloppe devant moi, nous solderons le reste lorsque nous aurons terminé.

J'ouvre mon cartable d'ancien juge, je sors mon petit enregistreur, cadeau de Justine pour ma nouvelle activité, et je le pose sur son étui molletonné pour éviter les vibrations. J'ouvre un petit cahier et saisis mon stylo de retraité afin de prendre quelques notes, sans interrompre les récits.

— Rohan, je vais enregistrer nos entretiens pour rester au plus près de votre style et ne rien perdre de votre récit ; je vous écoute.

— Avant toute chose, il faut que je vous prévienne pour que vous ne soyez pas déçu ; je ne suis pas un héros mais un homme ordinaire qui a traversé des histoires extraordinaires. Peut-être serez-vous étonné ou déstabilisé par certaines d'entre elles, mais, elles sont le sucre et le sel de ma vie. Ma route était tracée bien à l'avance, et j'avais un destin bien précis. Ce destin j'en ai compris le sens fort tard, et c'est celui que je vais retracer avec vous précisément.

— Bien, je vous écoute Rohan.

Je suis né par un chaud dimanche de 15 août, dans ce château d'opérette, rose, le long de la corniche de Loctudy. À mon premier cri, ce sont trois mouettes qui m'ont répondu.

[Ah, elles étaient déjà là ?]

Elles étaient perchées sur la rambarde du balcon et regardaient Mère accoucher de son septième enfant dans l'indifférence totale de toute la famille. Je crois que c'était de ma faute ! Je me suis fait si petit que Mère ne savait pas qu'elle était enceinte. Quand elle l'a appris, elle a fait comme si elle ne l'était pas.

[Il respire longuement après chaque phrase, je pourrais presque écrire sans enregistrer.]

J'ai vécu le premier jour de ma vie seul, dans le silence. C'est fou comme le silence pèse lourd. Puis, Mère m'a élevé comme si je n'existais pas, et moi, je l'ai laissé faire, sans rien lui demander. Elle était si… absente !

Pour mon plus grand bonheur, j'existais bien pour quelqu'un. Elle s'appelait Léonie Kervelec. « Léo », pour moi ! Elle n'avait jamais eu d'enfant mais, instinctivement, elle percevait les grandes solitudes.

Léo était une imposante bigoudène en coiffe qui faisait la cuisine pour huit personnes, deux fois par jour, tous les jours. Dès que je suis né, elle est venue me cueillir dans mon berceau. Elle m'a calé entre sa généreuse poitrine et le haut de son tablier bien serré. Moi, comme un petit animal, je me suis accroché à son col.

[Quelle poésie dans sa façon de raconter ! Chut, écoute et ne pense pas.]

Comme beaucoup de bigoudènes à cette époque, Léonie était atteinte d'une coxalgie congénitale. De ce fait, à chaque pas et chaque mouvement, elle me berçait « de droite et de gauche » et « d'avant d'arrière », comme disait ma Léo qui traduisait littéralement le breton en français.

Pendant la préparation de la pâte pour les galettes ou pour les crêpes, elle me secouait au rythme de son fouet. Les coups de hachoir, le tempo des couteaux sur les légumes, le grésillement du beurre dans les cocottes, les plaintes des langoustines et des crabes en contact avec l'eau bouillonnante constituaient mon répertoire musical. Les odeurs de sarrasin, du beurre, du poisson, du kig ar farz et du far breton m'enivraient et font encore partie de mon ADN, comme on dit aujourd'hui.

[Il ressent encore les odeurs… oh moi aussi!]

Léo était une jeune vieille fille venant de l'île Tudy, sans trop d'éducation. Elle ne savait pas bien tenir une conversation, alors, pour me parler, elle énonçait les ingrédients nécessaires à la confection de ses plats et comment elle pratiquait. Mes premiers mots ont dû être : beurre, œuf, lardé, tamisé ; la première phrase que j'ai prononcée était probablement le secret pour bien cuire les « Princes de Bretagne ». C'est au bout de ses gros doigts boudinés que j'ai développé mon palais et certaines de mes mimiques nous secouaient tous les deux : elle en riant et moi en grimaçant.

[J'ai l'impression qu'il retrouve le bébé qu'il était avec ses mimiques et ses gestes…]

Vous y croyez, vous ? J'ai passé les premiers douze mois de mon existence, calé au chaud contre le tablier d'une cuisinière. Inutile de vous dire que, en théorie, je savais faire la cuisine avant de marcher.

La quincaillerie de cuisine devenait des jouets d'enfant : la bassine à confiture, posée devant la porte de la cuisine se transformait en baignoire et piscine personnelle. Les trois mouettes, toujours auprès de moi, remettaient inlassablement dans l'eau les petits moules à gâteaux que je jetais dans l'herbe avec des cris de joie. Assis sur cette table, j'avais pour briques de construction les morceaux de sucre que Léo posait devant moi avant de les incorporer dans ses desserts. Pour pâte à modeler, elle plaçait dans mes petites mains les restes de pâte à tarte que j'émiettais consciencieusement avant de les porter à ma bouche.

C'est là, Corentin, que j'ai passé la première année de ma vie. Sur le cœur d'une femme généreuse, dans l'âtre d'une maison habitée, en ce qui me concerne, par des inconnus. Cette cuisine était animée par les trois drôles de mouettes, qui, avec Léo, constituaient les piliers de mon premier cercle familial.

— Votre père et votre mère ne s'occupaient pas de vous ?

— Non, c'était souvent comme cela dans les grandes familles de notre rang, enfin j'imagine. Pour moi, c'était le cas. Aujourd'hui je souhaite à tous les enfants du monde d'être aussi heureux que je l'étais parce que, je n'en garde que des sensations de bonheur et d'amour.

— C'est quoi cette histoire de mouettes qui sont apparemment toujours autour de vous ?

— Je ne sais pas, tout au long de ma vie, j'ai toujours eu trois mouettes au-dessus de moi. Je n'ai jamais cherché à les apprivoiser, elles sont là, c'est tout. Je considère cela comme une fantaisie de la vie, elles font partie de mon existence. Je suis l'homme aux trois mouettes et une seule Ombre !

D'un geste, il m'indique la fenêtre où les trois « rieuses », le bec dirigé vers moi piaffent sur place.

— Voilà Corentin, est-ce que mon histoire vous intéresse ?

— Vous me parlez de votre Ombre, qui est-ce ?

— Chaque chose en son temps, Corentin, chaque chose en son temps.

— Je dois dire que pour ma première biographie, ça commence merveilleusement bien. Oui, je suis heureux de travailler avec vous sur votre récit de vie et j'attends la suite avec impatience.

— Parfait, nous continuerons la semaine prochaine, si vous le voulez bien, le même jour à la même heure et au même endroit. En attendant, je vais convoquer les souvenirs les plus importants pour moi. Enfin ceux qu'appellent cette biographie. Merci à vous Corentin, vous présenterez mes respects à votre épouse.

Je plane littéralement sur le chemin de la corniche pour rentrer à la maison. La marée est basse, je traîne un peu sur les rochers pour apprécier les instants presque surréalistes que je viens de passer en compagnie du dernier des Coatarmanac'h.

Justine m'attend, les pieds dans l'eau, la main sur son front pour se protéger du soleil et je m'approche d'elle.

— Déjà ? Ça ne marche pas ? dit-elle les yeux plissés.

— En fait, je suis époustouflé !

— Ça ne s'est pas bien passé ?

— Si, au contraire, je suis tombé sous le charme de ce vieux monsieur…
— Il a quel âge ?
— Je ne sais pas !
— Pourquoi il y a des mouettes qui volent autour de lui ?
— Il ne sait pas !
— Il a parlé de son Ombre, c'est quoi cette histoire ?
— Je ne sais pas !
— Et tu comptes écrire un livre avec tout ça ?
— Je l'espère ! J'ai faim, qu'est-ce qu'on mange ?
— Une soupe de mouettes avec des langoustines dedans !

Elle est comme ça Justine, logique, lucide et le tout ficelé par un brin d'humour… ma gardienne du temple, ma belle et bienveillante épouse !

À la retranscription des enregistrements de l'entretien, je me dis que je ne peux rien changer tellement sa manière de raconter est personnelle et poétique. Si tout le texte est de cet ordre, mon premier travail ne méritera pas le contenu de l'avance que j'ai déjà reçue.

2ᵉ enregistrement : la famille

Pour le deuxième entretien, je prends le même chemin, avec, dans mon cartable la première restitution des fichiers audio.

— Je vous fais confiance, Corentin, je sais que mes racontars sont entre les mains de la personne la plus compétente pour les recevoir.

Et il me rend mon « devoir » ce qui, je l'avoue, me déstabilise un peu. Je voulais qu'il approuve mes premiers écrits mais me voilà seul devant ma responsabilité de biographe. Bon, puisque c'est ainsi !

— Comme vous le voulez, Rohan, je vous écoute.

Je place l'enregistreur devant lui, il le regarde et débute son récit.

Ma première période d'exploration à quatre pattes était strictement limitée à la cuisine et au jardin du Bon Dieu ; c'est-à-dire le potager de Léo. Il faut dire que je goûtais tout ce qui me tombait sous les genoux et les mains, vers de terre compris. Léo arrachait les mauvaises herbes autour des poireaux et moi, j'arrachais les poireaux. Qu'à cela ne tienne, elle changeait son menu ou sa recette en fonction de mes travaux de jardinage.

J'apprendrai plus tard que le merveilleux jardin coloré, que Mère chérissait, était nommé par notre cuisinière le jardin du diable. Léo disait que tout ce qui se trouvait dans le jardin du diable était du poison et tout ce qui se trouvait dans le jardin du Bon Dieu était moisson.

Dans la cuisine, il y avait interdiction d'ouvrir les portes. Toutes les portes. Celles de la cuisinière, de la glacière, des placards, des pièces. J'appris à mes dépens ce qu'étaient le chaud, le froid et les pincements de doigts.

Quand j'ai commencé à marcher, mes frères et sœurs ont découvert que j'existais et m'ont détesté. Ils devaient me surveiller sans arrêt et ils comptaient tous les uns sur les autres pour le faire.

Ce sont les trois mouettes qui s'y collaient, déçues malgré leurs efforts de ne pas me voir encore voler.

Le résultat est que j'ai exploré le monde qui m'entourait à mes risques et périls. J'ai su rapidement et avec force bosses, bleus, entorses et coincements divers ce que voulait dire « attention aux marches » ou « attention aux portes », « les outils, c'est dangereux ».

Puisque Mère, très grande catholique, fervente pratiquante, s'occupait constamment des bonnes œuvres de la paroisse, c'était toujours super Léo qui me sauvait de tous les dangers. Pour ma mère, qui ne voyait rien des contingences matérielles, je devais être sous protection divine.

Un jour, la porte donnant sur la corniche était ouverte, alors, j'ai exploré l'univers de la mer.

En face, l'île Tudy et Sainte-Marine.

Entre l'île Tudy et Loctudy, à l'entrée du chenal, se dressait déjà le phare de la Perdrix. Gainée dans son fourreau à damier noir et blanc, la tour est surmontée de sa tourelle et au-dessus, gigote constamment une girouette. Si le sable ne m'avait pas gratté les fesses, je serais encore en train de fixer cette girouette hypnotisante. Les coquillages cassés me blessaient les pieds. Sur les rochers recouverts d'algues, beaucoup trop salées à mon goût, je me tordais les chevilles et je glissais dans les mares. Oui, mais dans ces mares, l'eau était chaude et la vie grouillait. Les crevettes se déplaçaient à une vitesse vertigineuse, enfin pour moi, pas pour les trois mouettes qui s'évertuaient à me prendre pour leur oisillon. Elles voulaient m'apprendre à pêcher et criaient très fort lorsque les petits crabes verts sortaient rapidement de leurs rochers pour me pincer les doigts.

Je découvrais ainsi un monde étrange et merveilleux. Quand les vagues de la marée montante voulurent m'entraîner dans un monde de silence, je me suis laissé faire… Ce sont les mains puissantes de Léo qui m'ont saisi par les pieds. Ses cris, mêlés à ceux des trois mouettes, et sa violente tape sur les fesses me ramenèrent sur terre. Par précaution et par peur Léo me maintenait le plus souvent dans sa cuisine, loin des dangers. Pour me distraire, elle avait décidé de me raconter des histoires incroyables. L'Ankou qui venait moissonner des âmes et sa charrette qui grinçait, les korrigans faiseurs de rêves, les farfadets farceurs, les lutins et tous les êtres plus ou moins sympathiques que comptent les légendes bretonnes. Quand les trois mouettes, en désaccord avec les histoires que Léo me racontait, tapaient sur les carreaux, je sortais très vite et j'essayais de voler avec elle. Un jour, j'ai compris que je ne pourrais jamais les suivre ; ça m'a rendu triste.

Vers quatre ans, je participais un peu plus aux activités de la famille sans qu'elle s'en aperçoive mais ça ne me peinait pas. Mon existence se passait sans la fratrie et mes connaissances différeraient de celles de mes frères et sœurs. Ma vie était faite de sensations, d'odeurs, de goûts, d'innocence et de beaucoup d'amour caché dans le vieux tablier d'une cuisinière.

À partir de cet âge-là, Mère me mit mes beaux vêtements tous les dimanches pour aller à la messe. Alors je me disais que c'était pour fêter mon jour anniversaire et que peut-être j'étais Jésus. Du coup, je regardais la statue de la Vierge à l'enfant ; ils étaient comme Mère et moi… de marbre !

Mère était donc une sainte, moi Jésus, et les trois mouettes, ma Sainte Trinité.

Un peu plus tard, je décidais que, puisque moi, Jésus, j'étais né un dimanche, je trouvais logique que mon frère aîné soit arrivé un lundi, le deuxième un mardi et chacun des autres enfants remplissait la semaine. Tout mon monde était à sa place.

Lundi pour l'Héritier. Il avait l'arrogance de ceux qui reçoivent tout avant même d'ouvrir les yeux dans ce bas monde. Bon, quand je dis « tout », en ce qui concerne notre famille, ce n'était plus grand-chose.

Un titre de baronet du bout du monde qui n'avait plus sa place dans le nobiliaire français depuis des générations. Plus de terres, désargenté et à part ce pauvre petit château rose, plus aucun bien. Avec ce peu de choses, Lundi était malgré tout, fier, bête et souvent méchant. Alors qu'il s'apprêtait à vendre le château en décrépitude au Comité d'Entreprise d'une grande société, il est tombé sur les marches du perron et s'est fracassé le crâne.

Accident ! a déclaré le capitaine des gendarmes. Il aurait glissé sur des fientes de mouettes qui souillaient le sol.

[Trop bête…]

Mardi se devait de devenir un grand militaire. Mais il n'était pas né la bonne année : trop jeune pour la Grande Guerre, pas de vraie bataille en 1939. Pétainiste et collaborateur, il s'était trompé d'ennemi et avait lutté contre la Résistance. En juillet 1945, il échappa à la mort, lors de l'explosion d'un pont, et s'en sortit, amputé d'une jambe et de ses illusions. L'alcool et quelques substances interdites ne réussirent pas à lui faire oublier ses tourments. Un soir de folie hallucinante, il mangea le bouquet de datura qui se trouvait sur le piano et mit fin à ses jours avec son arme de service qui n'avait quasiment jamais servi. Un homme qui se suicide deux fois doit avoir des motivations profondes.

Accident ! a déclaré le capitaine des gendarmes.

[Des substances interdites ? C'est quoi ça ?]

Mercredi était belle comme une princesse de dix-huit ans. Elle fut au goût d'une marée d'équinoxe qui l'avala et la transforma en sirène, malgré les cris de prévention des mouettes. J'ai vu la première vague s'enrouler autour d'elle, je l'ai regardée lutter pour rejoindre le bord mais une seconde, scélérate, l'attira vers le fond. Elle était partie pour toujours.

Là, j'ai compris que la mer avait besoin de son quota familial. Quelque temps avant, Léo m'avait arraché à sa malédiction, celle-ci était revenue chercher son dû !

Accident! a déclaré le capitaine des gendarmes.
[Il y a de la malédiction dans cette famille.]

Jeudi, comme il se doit dans le monde de mes parents, aurait dû être prêtre. Après un an de séminaire, lors d'un voyage à Paris, il a été happé par les lumières de la ville. Il a choisi d'être artiste de cabaret dans un quartier de perdition. Ma famille ne l'a pas supporté, il a été rayé du testament. Ça a été la chance de sa vie, il a ainsi évité les dettes de la famille. Nous nous sommes revus bien plus tard, c'était je pense, le plus aimable de notre fratrie. Il est mort en 1971 du sida.

Vendredi était une grande et belle cavalière. Elle a cherché dans le milieu du cheval le prince charmant qui allait redonner honneur et dorure à notre pâle blason familial. Sauf qu'elle misa sur le mauvais bourrin. Sans panache, sans ornement et sans amour-propre, elle a fini sur la paille souillée de ses bestiaux préférés.
Piétinée! a conclu la même gendarmerie.
Accident! a déclaré le capitaine.
[Ça fait beaucoup d'accidents tout cela!]

Samedi est devenue très vite religieuse. Puisque mes parents n'avaient aucune affection pour elle, elle décida qu'il valait mieux être fille de Jésus que fille de personne. Ils l'avaient affublé d'un prénom qui ravissait les mauvais garçons de l'école. Elle a donc troqué Clitorine contre Sœur Marie Sixtine de la Providence. Une sainte femme qui égrainait sa mémoire en même temps que tournaient entre ses doigts les boules de son chapelet. Et puis un jour de sa longue vie, elle a éteint sa bougie.

Je n'ai aucun souvenir de ma petite enfance avec eux, il faut dire qu'il y avait dix ans de différence entre Clitorine et moi. Les seuls souvenirs qui me restent de mes cinq premières années sont peuplés de bons moments dans les odeurs de cuisine, d'iode lors de mes sorties sous la surveillance de Léo et la protection de la Sainte-Trinité. Mes jeux en solitaire avec les crabes verts que j'écrasais avant qu'ils ne m'attrapent les doigts, pour la plus grande fierté des trois mouettes qui se régalaient, et mes châteaux de sable éphémères, puisque je ne parvenais jamais à retenir les vagues de la marée montante.

[Ça continue, dans son regard et dans ses gestes, il a encore cinq ans.]

Ah si, cet été-là, j'ai eu un copain de jeux, il s'appelait René. Je crois !

Cinq ans, c'était aussi ma première année de maternelle. J'ai préféré penser que, par mesure d'économie, Mère avait attendu la dernière année de ce cycle pour m'y inscrire. Il faut dire aussi que le reste de la fratrie pesait de moins en moins sur les finances de la tribu.

J'avais donc découvert, en cette première année d'école, en plus de mon copain René, qu'un autre monde, bourré d'enfants bruyants, pleurnichards et méchants, existait. Je suis resté un certain temps sans comprendre les règles du jeu malgré les encouragements des trois mouettes qui survolaient la cour de récréation en caquetant. En fait, ces enfants ne m'intéressaient pas.

En classe, lorsque je choisissais un jouet, je me le faisais chaparder mais ça ne me gênait pas. Ce qui me plaisait, c'était le dessin et la peinture. Ah ça oui, ce que je n'arrivais pas faire avec le sable, je le dessinais. Des ponts au-dessus de la mer, des ponts au-dessus du château rose, des ponts au-dessus des ponts, des ponts dans le ciel pour faire plaisir à la Sœur Chantal, ma maîtresse.

— Oui, l'année de mes cinq ans, je décidais de ce que j'allais faire… Construire des ponts.

— Et c'est ce que vous avez fait ?

— Oui, mais nous verrons cela le moment venu. Je vous ai vu prendre quelques notes, vous avez des questions à me poser ?

— Eh bien, je me demandais en quelle année vous êtes né ?

— En 1919, je vais avoir bientôt cent ans.

— Ah bon ? Et vous avez un secret pour en paraître soixante ?

— Oui mon ami, mais je crains que mon Ombre, la Reine des graines, ne puisse plus rien

pour vous, il faut commencer jeune pour rester jeune.
— Et qui est cette Reine ?
— Mon Ombre ! Vous apprendrez à la connaître plus tard. Elle est le plus clair de son temps dans son jardin du Bon Dieu et son laboratoire.
— Son laboratoire ?
— Mon Ombre est une très grande herboriste.
— Justement, pour votre frère, Mardi, vous avez parlé de « substances interdites » de quoi s'agit-il ?
— C'est le juge ou bien le biographe qui pose la question ?
— C'est le même mais peu importe, il y a prescription, non ?
— C'est le domaine de la Reine des graines et nous verrons cela plus tard si vous le voulez bien. À la semaine prochaine, Corentin ? conclut-il en me tendant sa main pour signifier la fin de notre entretien.
— Certainement, Rohan !

Me revoilà sur la corniche avec de nouvelles informations, toutes aussi surprenantes les unes que les autres. Dès mon arrivée, je raconte à Justine mon entretien et elle me demande à quelles époques ont lieu les décès des frères et sœurs :
— Chaque chose en son temps, Justine, chaque chose en son temps…
— Tu parles d'une réponse toi…

— Eh bien, c'est celle de Rohan quand je lui pose des questions. Je trouve personnellement que ces morts accidentelles sont un peu louches tout de même ? Non ?

— C'est une grande famille, à cette époque la technocratie, les principes de précaution n'existaient pas et les règles de prudence non plus... Je suppose !

Je prends conscience que je suis tellement emporté par les récits de Rohan que je ne pose pas les bonnes questions. Non, en fait, il ne répond pas à mes interrogations et il botte en touche. Je le sais, c'est sa biographie, il la mène comme il l'entend. À moi de noter mes réflexions, à lui d'y répondre, il faut que je sois plus attentif.

J'ai donc passé mon après-midi à écouter les deux enregistrements à la suite pour entrer dans son univers.

En fait, il sait exactement ce qu'il veut me raconter, comment les formuler et quand il veut me dire les choses. C'est comme s'il avait une mission.

Je suis impressionné. D'accord, je vais écouter, noter tout ce que je veux creuser avec lui, mais, pas forcément lui poser mes questions au même moment. Il me faut trouver une stratégie pour obtenir des informations plus précises.

3ᵉ enregistrement : mon ombre

Le jour de mon troisième entretien, sur le chemin du château par la rue de la Palue, je réalise que cette nuit, l'automne est enfin tombé sur Loctudy. Un immense tapis de feuilles teintées d'or, de cuivre et d'émeraude jonche le sol détrempé.

Après la pluie sur l'asphalte, la rue exhale une odeur de terre, d'herbe mouillée, de feuilles mortes et déjà en altération. Je ralentis mon pas et respire à pleins poumons. Poumon droit pour l'air de la terre, et poumon gauche celui de la mer.

Le ciel calme sa colère nocturne, le vent chasse les nuages les plus tenaces et le soleil tente quelques percées pour gagner du terrain sur la monautomnie (eh bien, je viens d'inventer un mot!). C'est magnifique, je ne me lasse pas de ce spectacle sans arrêt renouvelé. Si je n'avais pas rendez-vous au château, je pousserais le chemin jusqu'au phare de Langoz.

Sous la pluie, le château rose devient rouge, je trouve que ça ajoute de la tristesse à la désolation.

Rohan m'attend sur le perron, un parapluie ouvert à la main. Notre rituel de rencontre est instauré. J'aime bien l'idée de savoir que, quelque part, quelqu'un m'attend avec plaisir. Ça me change de mon ancien métier !

— Installez-vous Corentin, la Reine des graines nous a préparé un cake aux fruits pour notre café. Vous avez remarqué cette superbe lumière ce matin ?

Ce petit brin de conversation me prépare doucement à entendre la suite du récit. Je savoure une part de ce gâteau délicieux. C'est un subtil mélange de fruits frais, de fruits secs et de graines. Chaque bouchée que je porte à la bouche fond littéralement dans la gorge.

— Il y en a un deuxième pour votre épouse avec la recette à l'intérieur, me dit fièrement Rohan.

— Merci pour cette délicate attention, je me voyais mal lui décrire cette merveille sans lui en donner la composition.

— Je vous en prie Corentin. Aujourd'hui, je vais vous conter ma rencontre avec la Reine des graines.

Rohan éloigne sa tasse pour faire de la place aux mouvements qui accompagneront son récit, puis il commence.

C'est à six ans que je rencontrai Aimée. Elle était assise là, sur mon rocher de la corniche, face aux trois mouettes qui se demandaient bien pourquoi cette fillette se dandinait comme elles. En effet, l'enfant se balançait d'avant en arrière sans caqueter un mot. Un peu possessif, je l'informe que c'est mon rocher mais que je veux bien lui prêter. Elle ne répondit pas. Elle fixait, elle aussi, la girouette du phare et continuait son balancement du corps, ce qui fascinait les volatiles qui semblaient communiquer avec elle.

« Je m'appelle Rohan, et toi, tu t'appelles comment ? »

Je n'ai pas reçu de réponse mais, de ce jour-là, j'ai éprouvé la sensation curieuse de faire partie d'elle. J'ai pensé immédiatement que j'avais trouvé une ombre, mon Ombre.

[Enfin voilà l'Ombre !]

Alors, je lui ai parlé tout le temps que dure un flux de marée. Je parlais, parlais… elle, elle écoutait, écoutait. Je crois bien que j'ai pleuré et elle, les yeux fixés sur la tourelle du phare, venait d'arrêter ses balancements. Peut-être pour ne pas me mettre mal à l'aise.

Et puis, Léonie est arrivée vers nous avec une part de *kouign-amann* et un verre de lait pour moi, et une pomme pour la fille.

« Je vois que vous avez fait connaissance, que c'est ! Elle s'appelle Aimée, ça veut dire l'âme de Dieu, moi je crois que c'était son brouillon.

Elle est la neuvième enfant de ma sœur. Celle-ci est arrivée dans ce bas monde en même temps que toi, le même jour, à la même heure, mais de l'aut'e côté de la Perdrix, à l'île que c'est! Ma sœur dit qu'elle n'en veut plus parce que c'est une innocente et qu'une innocente ne fait rien, ça ne travaille pas. Elle dit aussi qu'elle ne sait pas faire avec cette fille-là et elle l'a envoyée avec moi. Moi, j'ai pensé que tu serais heureux d'avoir quelqu'un à qui parler parce qu'elle, elle baragouine pas. Si tu la touches pas, elle dira rien sinon, elle hurle comme un porcelet qu'on égorge. »

Puis avant de regagner l'escalier qui mène à la propriété, Léo revint vers moi et ajouta : « Mââa, comme tout le monde dit que c'est une mauvaise graine, ben, Aimée va labourer dans le jardin du Bon Dieu, ça f'ra équilibre. En plus, elle ne mange que ce qui pousse. »

Ce jour-là, Aimée et moi sommes devenus inséparables. Puisqu'elle entrait dans mon monde, il fallait donc que je la classe dans ma fratrie. Comme tous les jours de la semaine étaient occupés par mes frères et sœurs, je l'ai placée dans mon dimanche. Puisqu'elle était ma jumelle de calendrier, j'étais heureux de partager mon jour avec elle.

Je ne partageais pas que mon dimanche avec elle, je partageais aussi ma chambre. N'y voyez rien d'offensant pour elle, mais une ombre n'est jamais loin de l'objet qui la produit et moi, je ne pouvais pas être loin d'elle. Léo installa un lit dans ma chambre. Je crois que Mère ne l'a jamais remarqué!

C'est aussi à six ans que je découvris l'école primaire et le cours préparatoire : l'écriture, la lecture et le calcul. J'ai tellement aimé ce qu'on y faisait que je suis devenu le premier de la classe. Léo devait être la seconde parce que je faisais mes devoirs dans sa cuisine et elle apprenait avec moi. Tous les soirs d'école, elle m'attendait pour son cours particulier et en retour, j'avais droit à une tartine de pain de six livres recouverte de beurre salé et de bigorneaux pour mon goûter. J'étais payé avec des bigorneaux. Vous savez quoi? Corentin, je n'ai jamais reçu un si bon salaire.

[C'est une tartine d'amour! Moi je la fais avec les crabes, je les dépiaute patiemment, j'étale de la mayonnaise sur une tranche de pain et je pose la chair sur la mayonnaise et hum…]

Quant à Aimée, aucune école ne l'avait acceptée parce qu'elle était zinzin, alors elle attendait que je revienne à la maison en se balançant sur le banc. Les trois mouettes, postées sur le rebord de la fenêtre de la cuisine, continuaient de communiquer avec leurs consœurs et Aimée les regardait sans mot dire.

Trois mois après mes premières leçons à Léo, Aimée prit mes livres et mes cahiers d'école et elle les déchiffra. Elle devenait une Ombre brillante et je savais qu'elle savait.

C'est à ce moment-là qu'Aimée a commencé à dessiner son herbier. Il était constitué avec tous les papiers qui lui tombaient sous la main ou sous les pieds dans la rue. Léo et elle se partageaient le journal, les marges non imprimées pour Aimée et le texte pour Léo qui déchiffrait les mots avant d'allumer la cuisinière ou les cheminées. Des centaines de petites vignettes recouvertes de croquis maladroits de graines, d'herbes, de plantes, d'arbres, de fleurs. Certains dessins étaient nommés, mais les autres restaient anonymes. Léo lui offrit une boîte à biscuits pour les ranger puis très rapidement dégagea un tiroir puis finalement lui laissa son coffre à vêtements.

Aimée comptait aussi, avec les graines. Elle séparait le bon grain de l'ivraie. L'ivraie soustrayait et divisait ; les bons grains multipliaient et additionnaient. Les graines étaient diverses mais là, je n'ai jamais compris son système grainetier. Ses résultats étaient toujours exacts. Elle était devenue très riche en graines, il y en avait partout dans des pots en verre et des boîtes de conserve.

Moi, j'allais à l'école, elle plantait des graines, et les écoutait pousser. Dès que je rentrais, elle reprenait mes cahiers et mes livres. À partir de cette époque-là, je ne l'ai jamais vue sans un livre ou un crayon à la main. Mon Ombre devenait petit à petit la lumière de ma vie. C'est là que j'ai compris que nous passions tour à tour de l'ombre à la lumière et de la lumière à l'ombre et que, à nous deux, nous pouvions faire qu'un ; unis à tel point que, les mouettes qui nous suivaient de près étaient atteintes, par moments, de strabisme divergeant.

Il faut dire que la présence d'Aimée au château arrangeait tout le monde. En premier, sa propre mère qui ne savait pas pourquoi Dieu l'avait punie en lui donnant cette enfant inutile ! La mienne qui remerciait le même Dieu de la lui avoir confiée parce que sa présence témoignait de la sincérité de sa chrétienne attitude. Léo qui n'avait plus à plier sa masse de générosité dans le jardin du Bon Dieu pour planter, arracher et récolter ses bienfaits. Mes frères et sœurs qui pouvaient continuer à m'ignorer et vivre leur vie. Moi, qui recevais le plus beau cadeau qu'un être humain puisse espérer : une Ombre brillante.

Pendant le temps de ma première scolarité, Aimée s'approcha timidement de Monsieur Nedelec, l'herboriste de la ville. Après plusieurs contacts muets, elle lui montra timidement ses derniers dessins de fleurs, graines et d'herbes médicinales.

L'homme, étonné par l'intérêt de cette étrange fillette pour les plantes, accepta sa présence silencieuse auprès de lui à chaque fois qu'elle se présentait.

Il lui racontait les plantes, leurs bienfaits, leurs mal-faits et comment réaliser des onguents, des potions et des mélanges pour des tisanes… Aimée écoutait et classait dans sa mémoire prodigieuse tous les savoirs que lui transmettait l'herboriste. Il venait de comprendre que cette petite fille, si simplette, était devenue son élève.

Au fil des cinq années de ce cycle primaire, peu à peu, le soir, la cuisine de Léo se transformait en salle d'études sous la haute surveillance des trois becs. Léo, pour la bonne cause, avait acheté, pour elle et pour Aimée, sur ses maigres gages, des cahiers et des crayons à mine de graphite. Elle écrivait, comme elle le pouvait, ses recettes de cuisine. Son premier cahier était réservé aux recettes spécifiques qu'elle inventait pour «la p'tite qui mange que c'qui pousse» : «Des fois qu'un vent de grande tempête les envoie avec lui que c'est!» disait-elle en mimant avec ses bras le grand vent en question.

Aimée illustrait sur les cahiers de Léo les ingrédients nécessaires aux recettes de sa tante et, moi, je corrigeais les fautes d'orthographe.

Pendant ces années de primaire, Mère nous avait inscrits, moi et mon Ombre, au cours de catéchisme. Même si les écoles que je fréquentais me préparaient à la religion, j'ai tout de suite détesté le catéchisme. Alors que cette religion prône l'amour des uns et des autres, les enfants étaient sans pitié pour «l'idiote». Surtout Yan Postic. Une espèce de brute de huit ans, qui, d'emblée, avait trouvé sa tête de Turc : mon Ombre!

Les attaques des trois mouettes et mes coups de poing n'y faisaient rien, il revenait toujours agacer ou insulter Aimée qui continuait à se balancer en silence.

Un jour, il a eu la mauvaise idée de voler un bonbon qu'elle aimait confectionner et, par défi, l'a avalé devant elle. Comme elle ne réagissait pas, il l'a secoué pour la faire réagir. Je n'avais jamais entendu de hurlements aussi poignants « comme un porcelet qu'on égorge », avait dit Léo. Je ne pouvais pas la prendre dans mes bras pour la consoler, mais je restais auprès d'elle, tel un bouclier avec une furieuse envie de massacrer ce rustre. Je n'étais pas le seul à lui en vouloir, et les trois mouettes l'ont survolé avec une telle virulence que tous les enfants se sont mis à crier. Le curé est arrivé sur les lieux et a réussi à calmer tout le monde, même Aimée.

Nous n'avons jamais revu Yan Postic, car l'après-midi, alors qu'il aidait son père à remonter les filets de pêche, il ressentit de grandes douleurs au ventre et tomba au fond de la mer.

Le curé s'est servi de cela pour nous dire que « la justice divine était là pour protéger les âmes pures. »

[Oui, un peu facile la volonté de Dieu…]

Aimée, Léo et moi avons traversé brillamment le cycle élémentaire de l'école primaire Saint-Tudy de Loctudy.

Après le Certificat d'Études primaires et la communion solennelle, le temps était venu pour nous de passer au collège de Pont-l'Abbé.

Nous formions une belle équipe tous les trois !

Au reste, Corentin, le gâteau que nous avons dégusté avec notre café est une recette de ma bonne Léo.

— Aimée est véritablement végétalienne ? Vous aussi ?

— Aimée oui, moi pas, je suis un flexitarien, c'est-à-dire végétarien, et il m'arrive de manger des œufs, du miel, du poulet, des poissons et crustacés.

— Avez-vous d'autres questions à me poser ?

— Oui, Yan Postic, on a déterminé les causes de sa mort ? Et le bonbon qu'il a volé, il avait quelque chose de particulier ?

— Juge un jour, juge toujours. Non, il a été retrouvé huit jours après sa chute, vers Concarneau, et la nature avait déjà largement prélevé sa part. Nous sommes tous restés sur la justice divine du curé. Et oui, tout ce que fabrique mon Ombre a quelque chose de particulier. La vie entière de mon Ombre est particulière.

— Aimée n'a jamais parlé ? Comment communiquez-vous avec elle ?

— Je parle à Aimée, et je lis sa réponse, dans ses yeux, sur son visage, aux mouvements de son corps. Nous n'utilisons même pas l'écriture pour communiquer, nous sommes tellement liés que nos esprits vivent en symbiose.

— Aimée est atteinte d'autisme ? C'est comme cela que l'on appelle sa maladie ?

— Probablement, à l'époque on ne se posait pas toutes ces questions. Pour nous, elle était juste différente, et en outre, elle n'a jamais été malade, même pas un rhume. Elle a appris à se protéger des maladies et à soigner les autres. Si vous avez le moindre souci de santé, elle peut vous soulager.

Elle est, d'après ses confrères, une magicienne avec une âme d'enfant. Vous la verrez, Corentin, vous la verrez le moment venu.

Rohan se lève et me remet un paquet entouré d'un tissu.

— Vous me ramènerez le torchon à notre prochain rendez-vous ? Mes hommages à votre dame Corentin.

C'est dans mon antre que je retrouve mon épouse :

— Justine, tu es dans mon bureau, sur mon fauteuil, à boire mon café. Est-ce bien raisonnable ?

— Je t'attendais, pour connaître la suite, alors ? Raconte…

— À chaque fois que je quitte le château, je me sens comme mis à la porte. C'est ridicule, je le sais, mais je reste sur ma faim. C'est vrai, il a une façon de raconter sa vie qui me fascine. J'ai des réflexions intimes mais qui ne génèrent pas l'envie de creuser plus… comme si j'étais anesthésié.

Cependant, j'ai noté une histoire étrange d'un sale gosse qui avait volé un bonbon de la fabrication d'Aimée et l'après-midi il a eu des douleurs dans le ventre est tombé à la mer et s'est noyé. Ça ne te semble pas bizarre ?

— Corentin, tu ne vas pas suspecter des homicides partout enfin !

— Tu as raison, il faut que je me reprenne ! Je vais noter mes questions en écoutant l'enregistrement.

— Corentin, j'ai fait discrètement une petite enquête sur les Coatarmanac'h en général et sur Aimée en particulier ; pour certains, l'Ombre est une bonne fée et pour d'autre, comme le médecin du bourg, c'est une sorcière alors, je n'ai pas de point de vue sur elle.

— Je ne sais pas, je ne l'ai toujours pas rencontrée. Quand Rohan parle d'elle, il dit que c'est une très grande herboriste avec une âme d'enfant.

— Bien, quel âge a l'enfant ? Parce que, arrivés un temps, certains deviennent des monstres. En tout cas, c'est un peu ce qui se dit dans le pays ; on dit qu'ils sont étranges, peu de gens les connaissent vraiment alors, ils fantasment. Elle, c'est une sorcière qui a découvert le secret de l'immortalité, « on ne peut pas être si vieux et vieillir si peu ». Pour d'autres, ces deux-là ont créé une secte ; fut un temps, il y avait beaucoup de passage de jeunes chez eux, il devait s'en passer de belles dans ce vieux château. Maintenant, il se trame quelque chose parce que le notaire de Pont-l'Abbé, un avocat de Quimper et un architecte sont venus plusieurs fois, ils vont certainement construire un horrible immeuble qui va défigurer la corniche.

— Ce n'est pas l'histoire que Rohan raconte en tout cas. Tiens, Aimée t'offre un gâteau de végétalienne. C'est une merveille.

— On va voir s'il y a des substances illicites dedans, ce ne serait pas pour me déplaire un petit *space cake* en dessert. C'est peut-être pour ça que tu as l'impression qu'il t'endort.

— Non, l'effet ne serait pas immédiat et à cette heure-là, je me sentirais dans une douce torpeur ; ce qui n'est pas le cas.

— Dites-moi, Monsieur le Juge, vous parlez d'expérience ? Il est grand temps que j'invite le Procureur à dîner à la maison !

4ᵉ enregistrement : les années collège

— Corentin, il y a trois mouettes sur le mur de la plage. Je crois qu'elles sont venues te chercher…
— Je pars Justine, préviens-les que je prends le chemin de la Palue.

Voilà, je retourne à l'école, enfin, c'est l'impression que j'ai. Mon cartable à la main, le même chemin, le même jour, à la même heure. Le prof est là sur le perron et sonne l'heure de la rentrée. Et en plus, j'aime ça. Que va-t-il m'apprendre aujourd'hui ? Que va-t-il y avoir avec le café ce matin ?

« Régression », dirait Justine…

Et pour réponse :

— Ce matin, nous avons des chocolats : à la violette, à l'orange, au café, aux noisettes/amandes. D'autres à la cerise confite-feuille de menthe, citron-gingembre ou thym-châtaigne. Il y en a pour la gourmandise et pour se soigner. Ça vous va ?

— J'ai l'impression de retourner en enfance, en plus je suis très gourmand. Merci de toutes ces attentions. Justine et moi, nous nous sommes régalés avec le cake de la semaine dernière.

— C'est un plaisir pour nous et restez dans l'enfance parce que nous y retournons maintenant.

[Et il se redresse, il grandit on dirait]

À onze ans, Mère m'offrait le vélo de l'héritier. Pas de première jeunesse, le vélo... enfin, elle l'avait fait réparer et il tiendra, « grâce à la volonté de Dieu », pendant les quatre années du collège. C'est donc à vélo que je me rendais à l'école Saint-Gabriel de Pont-l'Abbé, à sept kilomètres de la maison.

Je faisais le trajet tous les jours par tous les temps, sans jamais me plaindre. Je ne voulais pas rappeler à mes parents, que, à mon âge, mes frères étaient déjà en pension chez les Jésuites à Vannes.

Être éloigné de mon Ombre une journée était déjà difficile, alors pas question d'y passer l'année. Léo ne l'aurait pas supporté non plus : « Mâaaa, tu es trop petit pour partir loin et longtemps que c'est ! »

Léo voyait mal ses oisillons sortir de sa cuisine et quitter son aile douillette. J'étais sous la haute surveillance des trois mouettes qui m'accompagnaient sur les routes et au collège. Cet étrange balai autour de moi m'a valu rapidement le sobriquet de *Rohan de la goëlle*.

Je dois dire que mes années au collège à Saint-Gabriel, établissement tout de même placé sous la protection de Dieu, de ses apôtres, des prêtres et de ma Sainte Trinité personnelle, n'ont pas été tellement sereines.

Ma particule en a pris plein les tibias pendant les séances de sports, les entraînements et les matches de football. Je crois que la Révolution française bouillonnait encore dans le sang de notre professeur de sport qui mettait toute son énergie à me faire payer une histoire qui ne m'appartenait pas.

Le bon élève que j'étais suscitait quelques malveillances mais je me réfugiais le plus clair du temps dans la bibliothèque du collège.

C'est là que je découvrais le livre qui allait changer la vie de mon Ombre et la mienne : Une copie récente du *Capitulaire de Villis, (Capitulare de Villis vel curtis imperii)* signé par Charlemagne en l'An 812. Ce recueil recommandait la culture d'un certain nombre d'arbres de plantes potagères et médicinales dans les jardins du domaine royal et en particulier dans les monastères.

« Nous voulons avoir dans nos jardins toutes espèces d'herbes, à savoir… »

Une liste longue de cent-vingt herbes, plantes et arbustes qui suffisaient à cette époque à nourrir et soigner les malades.

Le contenu de ce document, ajouté à ce que monsieur Nedelec lui apprenait, Aimée devint une grande spécialiste des plantes et végétaux.

Méconnue de tous, sauf de moi et de Léo, Aimée nous concoctait des tisanes et des baumes à faire pâlir les apothicaires de France et de Navarre.

Les plantes médicinales amenèrent Aimée à s'intéresser au corps humain et elle devint la zinzin la plus cultivée de notre entourage.

C'est à cette époque que l'ébauche du Capitulaire d'Aimée se dessine. Herbiers, cahiers et dessins se croisaient et se complétaient. Rapidement notre cuisine se transforma en laboratoire, bureau d'études et stockage de graines.

Mère, dans un de ses moments d'absence mystique, la laissa occuper le petit boudoir de travail, attenant à la bibliothèque. Aimée a donc investi l'espace pour son travail. Et quel travail! La vieille machine *Underwood* que père avait acheté pour écrire ses mémoires avait résisté au temps, et à ses souvenirs; décrire les horreurs de la guerre lui était impossible. Recouverte d'un cache-poussière, elle avait gardé sa superbe et Aimée s'en empara pour constituer son premier recueil sous forme de fiches.

Monsieur Nedelec lui fournissait le papier et les rubans encrés.

Aimée décida d'un système de classement des plantes par maladie ou humeur et chaque fiche détaillait les symptômes, les plantes correspondantes, la fabrication des remèdes, les désagréments possibles. Elle collait à même les fiches, les dessins déjà réalisés et les références de son herbier. Comment trouver la plante ou comment la cultiver. Ses amies et ses ennemies…

Monsieur Nedelec, par principe, validait le travail de « la petite » et n'avait pas grand-chose à ajouter, à part son admiration pour cette fillette peu banale.

Dès lors, la Reine des graines mit ses savoirs en pratique dans le jardin du Bon Dieu. Certaines plantes et fleurs toxiques disparaissaient, ou se déplaçaient d'autres apparaissaient pour le bien de tous. Mère, sans rien comprendre, trouvait que son jardin n'avait jamais été aussi florissant et équilibré malgré les vents et les embruns. Sans même se poser des questions, elle remerciait Dieu pour ses talents de jardinier.

Si le *Capitulaire de Villis* était au départ, son guide, le travail personnel d'Aimée devint sa raison d'être.

Quant à la fée Léo, elle admirait ses petits : avoir rassemblé des jumeaux, aussi beaux et aussi doués dans sa cuisine, elle qui n'avait jamais enfanté faisait sa fierté.

Pendant que mon Ombre approchait de la lumière, moi je ternissais au collège. Pas à cause du programme ou de mes camarades, mais à cause d'un inverti de la pire espèce.

Jean-Yves Gouasdec, loctudyste, professeur d'histoire-géo, sans famille, célibataire, vieux garçon, avec un fort appétit de chair fraîche ; et malheureusement, il me trouvait à son goût. J'étais en quatrième, lorsqu'un jour, il me coinça dans les toilettes et tenta un attouchement osé sur ma personne. Je me suis dégagé par un violent coup de genou dans son entrejambe, et profitai de sa douleur pour me sauver, le cœur battant, et la peur au ventre. Ma colère dans les pédales me fit arriver à Loctudy plus vite que jamais. À mon retour au château, Léo et Aimée m'attendaient sur la route. Le tablier cher à mon âme n'avait plus figure humaine et mon Ombre tournait sur elle-même en gémissant. Il y avait de l'affolement dans le cri des trois mouettes, ce qui ajoutait de l'angoisse à mon tourment.

Littéralement arraché du vélo par les bras puissants de ma Léo, je me suis retrouvé contre sa généreuse poitrine. Une fois de plus, je me suis accroché à son col et j'ai pleuré. « Mâaaa, mais qui t'as fait tant de mal mon petit que c'est ! La petite a hurlé et depuis elle est là comme une girouette sous vent fort. Viens au chaud, tu vas nous dire ce qui se passe que c'est ! »

Dans la chaleur de notre cuisine, je raconte à Aimée et Léo l'outrage perpétré par l'affreux Gouasdec.

« Je lui arracherai bien les écailles à ce vieux maquereau, dit Léo, avec une colère que je ne lui connaissais pas. »

Quant à Aimée, sa respiration s'était accentuée, ses balancements étaient plus grands et ses mains tordaient la brochure de chez *Vilmorin*.

Je suis allé à confesse et le curé m'a condamné à réciter trois Ave, six Notre Père, dix Actes de Contrition et douze Je vous salue Marie. Pour une raison qui m'échappe, je me suis senti sale et coupable.

Rapidement après ma violente résistance, mes notes d'histoire-géo chutèrent plus vite et plus fort que le baromètre annonçant une tempête tropicale. Ce qui ajoutait de l'injustice à l'offense.

Une révolte se préparait en cuisine.

« Mâaaa ! Que c'est ! J'envoie avec moi mon hachoir, je lui coupe ce qui dépasse et je les mets à sécher dans le grenier que c'est quoi ! »

Mon Ombre semblait plus apaisée. Elle apprenait à faire des pilules, des crèmes, des onguents et des huiles essentielles. Ses fiches devinrent des références pour la médecine par les plantes et Monsieur Nedelec n'en croyait pas ses yeux. De fait, il l'embaucha officiellement, tous les matins, en qualité que « préparatrice » des ordonnances médicales pour les malades de Loctudy. Elle commençait à compter en sous en plus de ses graines.

Quelques jours plus tard, alors que, la boule au ventre, j'attendais monsieur Gouasdec pour l'interrogation d'histoire, il n'est pas venu. Il était mort dans la nuit.

« Ses reins fatigués depuis des années avaient probablement fini par empoisonner son sang » a dit le médecin traitant. Secrètement, je m'en réjouissais sans l'avouer à personne.

Son enterrement eut lieu dans la plus stricte intimité, par défaut. Il paraît qu'il y avait plus de mouettes au-dessus de son cercueil que d'attristés.

C'est, je crois, à cette période que je commençais à faire des rêves étranges, comme celui-ci.

J'étais assis sur une chaise, à l'ombre d'un tilleul, face au château. Je tenais un livre entre les mains mais il tombait sans cesse. Je faisais des efforts à chaque fois pour le remonter, mais il m'échappait encore et encore jusqu'à ce qu'il tombe à terre. Puis, dans une vaporeuse somnolence, je vis les lignes du château bouger comme des vagues. Petit à petit, ces vagues prirent la forme d'un corps de femme allongé. La verrière de la terrasse, face à la passe du port et composée de petits carreaux, se déformait pour dessiner le contour d'une tête. Les deux tours, s'arrondirent pour devenir des seins. Son ventre se gonfla jusqu'à ce qu'il explose et une boule orange en sortit doucement. Cette boule, symbolisait la cuisine. Les trois mouettes étaient très grandes et jouaient avec une balle en riant mais, dès qu'Aimée et moi voulions les rejoindre pour jouer, elles nous bombardaient avec la balle en caquetant comme si elles ne voulaient pas nous laisser sortir de ce cocon.

Mes hallucinations firent rire Léo : « Je crois bien que tu deviens un homme mais quand même, y sont compliqués tes rêves que c'est ! Demande à Aimée une tisane pour dormir. »

Deux ans après son embauche chez monsieur Nedelec, Aimée lui proposait ses propres compositions. Il lui arrivait même de relever des incohérences dans les ordonnances des médecins et, sous contrôle de l'herboriste, elle rectifiait les erreurs notoires. Les malades ne s'en portaient que mieux.

Tous les soirs, je rentrais au château, et la cuisine bourdonnait comme une ruche. Léo lisait le journal, Aimée concoctait ses mélanges d'herbes et travaillait sur ses cahiers et ses fiches. Moi, je faisais mes devoirs. J'avais un public pour mes récitations, des éclats de rire de Léo et une attention toute particulière de mon Ombre quand je parlais latin. Tout de suite, elle s'est passionnée pour cette langue où les plantes et herbes trouvaient leurs places.

Ce qui est certain, c'est que mes années collège étaient plus agréables en dehors de l'établissement. J'obtins mon Brevet des écoles avec mention, ce qui allait faciliter mon entrée au Likès à Quimper.

Voilà pour aujourd'hui mon ami...

— Excusez-moi de vous interrompre, mais pas une seule fois vous n'avez parlé de votre père ?

— Père ? C'était un fantôme de la Grande Guerre et je crois bien que j'ai été son dernier acte de bravoure. Il avait laissé tous ses mots et ses espérances dans les tranchées. Pour expliquer au monde, la neurasthénie de Père, Mère, disait que « la cruauté des hommes avait fait fondre son âme ».

Elle qui ne voulait plus d'enfants après moi, avait imposé à son époux de vivre dans la chambre au-dessus de la sienne.

De temps en temps, il venait dans la cuisine, prendre une part d'humanité dans le seul espace de vie du château. Il ne disait mot, mais il communiquait en silence avec Aimée.

— Vous savez ce qu'ils se disaient ?

— Probablement qu'il n'avait plus sa place dans ce monde ! Un jour de printemps, il nous a rejoints. Il avait mis son costume du dimanche, et sa raie sur le côté était parfaite. Il s'est assis entre nous comme pour aspirer le bonheur simple d'être ensemble. Aimée comprit que l'Ankou avait pris rendez-vous avec lui. Elle l'accompagna vers la corniche pour regarder une dernière fois la mer, puis ils revinrent au château.

Aimée nous rejoignit dans la cuisine pour laisser Père seul dans le salon. Installé au piano, il massacra Chopin avec sa valse op 69, sa préférée, puis, il prit le vase où reposait depuis plusieurs jours un bouquet de muguet. Nous l'avons entendu se diriger vers la fenêtre face au jardin du diable. Il jeta les brins de muguet sur le sol et avala l'eau qui se trouvait dans le récipient. C'est là qu'on l'a retrouvé, mort, allongé sur le plancher. Pour plus de dignité, l'héritier, alerté par Mère, arriva, déplaça le corps de Père dans son fauteuil et Mère jeta les brins de muguet, déjà très avancés, dans la cheminée. Père, probablement pour se raccrocher à la vie, avait gardé le petit vase vide si serré dans sa main que Mère n'osa pas le retirer.

« Crise cardiaque ! » a annoncé le médecin.

— C'est étrange cette histoire de muguet…

— En effet, j'ai pensé qu'il voulait respirer une dernière fois l'odeur des petites clochettes de mai.

Après le décès de Père, Mère est devenue de plus en plus séraphique. Lorsque je lui ai demandé si je pouvais entrer au Likès à Quimper à la rentrée suivante, c'est tout juste si elle m'a reconnu !

« Faites-le nécessaire mon ami, faites. »

Pour la protéger, ma Sainte Trinité tournait autour d'elle comme des anges. Par miracle, elles ne l'ont jamais atteinte. J'ai pensé qu'elle devait être la réincarnation de saint François d'Assise.

[Décidément ces mouettes ont dû savoir vivre, dommage pour l'héritier]

— En parlant de l'héritier, il n'a pas eu d'enfants ?

— Nous ne parlions pas de mon frère, Corentin, vous devez être fatigué.

— Pas du tout, c'est juste une association d'idées. Les mouettes évitent de souiller votre mère et, d'après ce que je vois, vous aussi, mais pas votre frère aîné ?

— C'est possible ! Vous voulez que je vous parle de l'héritier ?

Il avait une particule et pas d'argent. Sa femme n'avait pas de nom mais une belle fortune. Les deux familles habitaient sur la Corniche à deux pâtés de manoirs l'un de l'autre. Mon frère est allé faire dorer son blason à cent cinquante pas d'ici. Ils ont eu trois filles que je ne fréquentais pas. Deux ont perdu leur nom en se mariant, l'autre pendant la guerre. Comme vous le savez, l'héritier est mort, en 1948 il avait 59 ans.

— Vous m'aviez dit qu'il voulait vendre le château, c'est cela ?

— Oui, pour le sauver de la dégradation qui avait déjà commencé son œuvre.

— Et vous, vous étiez d'accord pour cette vente ?

— Oui, mais pas Mère, c'était son fardeau familial. J'ai toujours pensé qu'en qualité de grande catholique fervente, pratiquante, il lui fallait une incommodité pour entretenir sa foi. De ses enfants, il restait Clitorine la religieuse, Marc, que nous retrouverons à Paris, Aimée la zinzin et moi l'inexistant.

— Aimée a été adoptée ?

— Oui, par un tour de passe-passe, je vous raconterai lors de notre prochaine rencontre.

— Et après la mort de votre mère, vous étiez le dernier héritier, vous ne l'avez pas vendu ?

— Non, Léo habitait là avec une amie, et nous lui amenions des enfants à aimer et à cajoler comme elle l'avait si bien fait avec nous.

Prenez cette boîte de chocolat, Corentin, dans cette rangée particulière ce sont des *Louzous mad*. Celui-ci est au citron-gingembre pour renforcer vos défenses immunitaires, il y a les fruits que vous voyez, mais dans la pâte de chocolat, il y a une infime goutte d'huile essentielle de citron et une de gingembre. Tenez, celui-là est au ginseng, vous le prendrez le soir avant de vous coucher et vous aurez du tonus pour… Ce gris, si vous êtes un peu stressé comme on le dit maintenant, il est au chanvre, thym et miel pour la gorge.

— C'est bon pour tout, sauf pour la ligne.

— Corentin, c'est juste une philosophie de vie. Le chocolat est avant tout un instant de plaisir dans le cadre d'une alimentation globalement naturelle. Toute la nourriture de la Reine des graines est pensée pour nous maintenir en forme et en bonne santé. Quand je vous dis que mon Aimée est brillante, c'est qu'elle est brillante.

— L'humanité ne profite pas de sa lumière ?

— Pas encore, Corentin, pas encore…

— Chaque chose en son temps, j'ai compris.

Allons bon, me voilà encore perturbé par les récits de Rohan de Coatarmanac'h.

— Enfin Justine, quatre morts dont trois suspectes tout de même ! La mort n'est pas une malédiction, mais j'ai le sentiment que ça tombe autour de cette famille ?

— C'est sa biographie, Corentin, pas une déposition. Si tu dois suspecter tous tes clients de meurtre, change de métier tout de suite. Replace l'histoire dans son contexte : les années trente, famille nombreuse, pas de police scientifique… et la prescription pour meurtre, ça te parle ?

— Oui, tu as certainement raison… mais tout de même, c'est quoi cette histoire du muguet ?

— Le muguet est une plante toxique, mais pour qu'il soit mortel, il faut brouter la rangée avec les racines, je vais faire des recherches ! C'est quoi ce chocolat ?

— Non ! Celui-là, c'est pour moi ce soir… et toi, tu pourras déguster ce petit vert, là, après le repas.

— Corentin, je crois que la Reine des graines est en train de nous empoisonner !

5ᵉ enregistrement : le premier amour

Depuis plusieurs jours, la météo est morose, constamment à la lisière de l'automne et de l'hiver, sans vraiment se positionner. Toutes ces hésitations produisent le même un effet sur moi : je sors faire une promenade ou pas ? Je passe par la corniche ou la rue de la Palud ? J'enfile un caban ou ma grosse doudoune ? Accidents ou homicides ? Ce doit être cette dernière question qui tourne dans ma tête. Je suis bien décidé à poser des questions plus précises sur les prochaines disparitions.

En entrant dans la cuisine, une odeur que je connaissais si bien vint ramollir toute velléité de vérité sur ces décès que je pensais suspects.
L'odeur de la madeleine ! À ce stade de ma dernière réflexion, ce n'était pas loyal, et j'ai craqué sur les biscuits cuisinés par la Reine des graines.
— J'ai toujours pensé que Proust m'avait enlevé de la bouche celles de ma grand-mère.

Je n'ai aucune volonté quand il s'agit de madeleines, avouais-je à Rohan qui souriait devant ma gourmandise.

— C'est la recette de ma douce Léo et Aimée vous a préparé une boîte pour vous et votre épouse.

— Merci beaucoup mais quand aurons-nous, mon épouse et moi, le plaisir de la remercier de toutes ses attentions pour nous ?

— En temps voulu Corentin, en temps voulu.

Et il glisse vers moi l'assiette encore tiédie par les délicieuses pâtisseries.

Et c'est moi qui commence à parler.

— En retraçant notre entretien, lorsque vous parlez de votre famille vous dites de vous « l'inexistant », je me suis arrêté sur le mot et j'ai trouvé ça terrifiant.

— Pas du tout Corentin, j'ai eu une mère biologique qui ne m'a jamais fait de promesse d'amour. Elle a tenu parole ! Cependant, elle était tout de même là. J'ai eu une mère adoptive qui m'a élevé, aimé, donné une sœur. Elle avait pour nous deux un amour inconditionnel.

Aujourd'hui, on chipote sur le terme « Gestation Pour Autrui », mais ça existe depuis la nuit des temps. La terre de Bretagne a élevé des milliers d'orphelins qui trouvaient leurs places dans les foyers de voisinage. Chez les Celtes, ce sont souvent les oncles et tantes qui élevaient les enfants. En Afrique, c'est tout le village qui les élève et combien de sœurs dans certaines familles ont fait des enfants pour celles qui ne pouvaient pas en avoir ? Ce qui est important dans tout cela, c'est qu'un enfant reçoive de l'amour ; peu importe de la part de qui. Certains traitent ce sujet en s'appuyant sur la morale, ou l'amour, moi je préfère y voir du bon sens.

Alors oui ! « Inexistant » pour ma famille, mais pas pour Léo, Aimée et les trois mouettes. J'existais bien, et bienheureux. Les « cuisinards », c'est ce que nous étions pour mes frères et sœurs.

Il laissa passer quelques secondes, le temps de retrouver son époque, il n'est plus l'enfant de la dernière fois.

À l'époque où j'ai laissé notre entretien, nous avions 15-16 ans, nous entendions parler de crise sociale ; mais, dans la chaleur de notre cuisine, nous n'avions pas de problèmes existentiels. Les graines de notre reine poussaient, les fruits, les légumes, les crustacés et les poissons nous nourrissaient et les poules faisaient leur boulot de poules. Les lapins se reproduisaient allègrement et nos surplus de production nous permettaient d'alimenter le troc entre les paysans et les pêcheurs.

L'été 1933 avait été, pour Aimée et moi, l'été de tous les possibles. Il faut dire que, pour nous, organiser le début de notre autonomie était une priorité.

Nous avions l'âge de rien du tout, 15 ans et pourtant, nous nous attaquions à des dossiers impensables pour notre âge. Celui qui ouvrait la porte principale à nos projets était l'adoption officielle de mon Ombre. Sa qualité de sœur la plaçait naturellement sous ma protection. Partir en tant qu'amie la qualifiait de fille perdue.

À ce moment précis, Mère et l'héritier transformaient le château en maison d'hôtes pour accueillir des vacanciers de notre rang. La mode des bains de mer était arrivée à Loctudy et notre petite ville se transformait en une ville balnéaire qui attirait les grandes familles ; il était temps pour nous de faire de la place et partir ; le château allait gagner une chambre supplémentaire à louer.

Alors quand j'ai abordé le sujet de l'adoption, en plein réaménagement de pièces et je me suis entendu répondre :

« Mais bien sûr, mon ami, faites donc, faites.

— Je peux aller voir le notaire ?

— Oui, qu'il prépare le dossier ! dit l'héritier coincé sous une armoire. »

C'est ainsi que Léo, en un aller-retour à Sainte-Marine, à la godille, et guidée par les trois mouettes, ramena l'acte de naissance d'Aimée et les signatures adéquates.

Le notaire constitua le dossier d'adoption, Mère et l'héritier le signèrent. L'église et la République l'attestèrent dans leurs registres. Mon Ombre et moi étions liés fraternellement pour toujours, par papiers officiels.

Nous étions fin prêts pour la suite de notre vie. L'euphorie des vacanciers et le temps magnifique au-dessus de notre corniche ont largement contribué à la réussite de notre avenir.

Lorsque Mère nous a vus préparer nos bagages, elle a pensé un moment que nous étions les derniers locataires au château.

« Avez-vous été satisfaits de votre séjour ?
— Mère, Aimée et moi partons à Quimper.
— Ah bon ?
— Oui Mère, mais nous reviendrons pour les vacances.
— Très bien, faites donc mon ami, faites donc. »
Pour nous, c'était notre première grande aventure.

Monsieur Nedelec, qui souhaitait voir Aimée continuer son apprentissage en herboristerie, nous remit les deux premières clés du début de notre vie : une lettre de chaudes recommandations pour Aimée à son confrère de la capitale, monsieur Le Bloas, ainsi qu'un acte de propriété, à notre nom, de la petite maison de Kerfeunteun. Ce penty appartenait à sa tante, décédée une année plus tôt. Monsieur Nedelec, tout comme Léo, nous avait pris sous son aile protectrice.

Vous voyez, Corentin, comme parfois la vie peut sourire aux « inexistants ».

— Ce monsieur n'avait pas de famille ?
— Si, nous deux. Aimée avait bousculé son âme et ses a priori sur les zinzins. Elle était devenue

la fille qu'il aurait aimé avoir. Et moi, parce que je l'accompagnais comme son ombre. Chacun de nous deux étant l'ombre ou la lumière de l'autre.

Le jour de notre départ pour Quimper, toute la cuisine était chamboulée. Léo pleurait ses prières tout en préparant de grands paniers pleins de victuailles. Il y avait de quoi nourrir quinze ogres pendant au moins au moins quinze jours. Les mouettes, totalement désorientées, tournaient sur elles-mêmes en caquetant. Aimée, très inquiète, se balançait d'avant en arrière, assise sur une de ses deux grosses malles. Celles-ci étaient remplies de matériel, de graines, de plants, de fiches et je ne sais quoi encore. Moi, j'avais une imposante valise, un sac à dos et mon vélo.

Monsieur Nedelec est arrivé devant le perron principal du château, avec sa camionnette Peugeot 201, et nous avons chargé notre enfance sur le plateau arrière.

Pour ma sœur, toutes les premières fois étaient terrifiantes. C'est Léo qui la fit monter dans l'habitacle de la camionnette. Serrée entre monsieur Nedelec et moi, elle était tétanisée. Le démarrage du véhicule et les premiers mètres sur le chemin cabossé la déséquilibrèrent et elle commença à geindre.

Ses repères disparaissaient un à un.

Les mouettes, perchées sur la bâche qui recouvraient notre déménagement, avaient décidé, elles aussi, de profiter du progrès des hommes pour aller d'un point à un autre.

En nous éloignant du château, je vis Léo, le tablier au coin des yeux qui épongeait sa peine. Mère et l'héritier qui nous saluèrent discrètement de la tête. La gorge serrée, je savais que ce départ était définitif. Au moins pour un long moment.

[Ils sont tout de même jeunes pour quitter le berceau.]

Tout en tentant de résister au ballottage, Aimée a fini par se caler sur moi. C'était, pour nous deux une grande avancée. Mon Ombre me touchait pour la première fois.

Est-ce que, en situation de déstabilisation forte, ma sœur accepterait le contact ? Apparemment, c'est ce que semblait croire l'herboriste qui souriait.

Cependant, les changements de vitesse, l'état de la route cahoteuse, les paysages qui défilaient sous ses yeux la paniquaient. J'ai masqué mes yeux avec mes mains et elle en fit autant. Alors, petit à petit, elle se calma. Le long du chemin elle joua au « vu pas vu », et c'est ainsi, qu'arrivée sur Quimper, elle regarda la ville droit dans les yeux. Mais, ce n'était pas gagné.

Pour autant, notre autonomie a commencé ici, dans cette ville, et je peux dire maintenant que ces années « Likès » auront été les premières belles années de notre nouvelle vie.

— Tout de même Rohan 15 ans c'est très jeune, ous étiez des enfants...

— Vous croyez ? À cette époque-là, les garçons embarquaient comme mousse à onze ans. Les jeunes garçons entraient en pension à dix ans, les apprentis étaient sur les chantiers à douze ans. Les pères disparaissaient en mer et les fils les remplaçaient, quel que soit leur âge. À cette époque, Corentin, il n'y avait pas de crise d'adolescence, car les enfants travaillaient très tôt en fonction des événements de la vie. Je sais qu'aujourd'hui, c'est impensable, mais je vous assure que c'est comme cela que les choses se sont passées.

Mère avait accepté de me confier le règlement de la pension. Je me contentais de régler les frais de scolarité et le reste nous aidait à vivre dans notre petite maison au toit de chaume. Je dis « nous aidait » parce que nos revenus principaux et non négligeables venaient de mon Ombre. Son salaire était bien supérieur à celui d'une apprentie en herboristerie. Aimée composait ses propres onguents, tisanes, potions, pilules et était devenue la fournisseuse officielle de messieurs Nedelec et Le Bloas.

Notre maison était faite pour nous, avec un jardin suffisamment grand pour les productions de la Reine des graines.

Le bâtiment était constitué de deux pièces au rez-de-chaussée, séparées par un long couloir. Cette entrée nous permettait de laisser nos sabots crottés ou chaussures du dimanche sous le banc. Sur les cloisons en bois, nous accrochions nos manteaux ou nos vêtements dégoulinants de pluie. Au fond, de ce couloir, une porte camouflait un escalier qui menait au grenier qu'Aimée allait transformer en atelier, laboratoire, herboristerie, bureau.

La pièce à droite était le lieu de vie et immédiatement viable, car tout y était : cheminée, cuisinière à bois et charbon, matériel, ustensiles de cuisine, et, dans deux grandes armoires, tout le linge nécessaire à un ménage. L'autre pièce était la chambre à coucher avec deux lits séparés par un paravent. Nous n'avions plus qu'à prendre nos places dans notre nouvelle vie.

Malgré tout cela, notre changement de vie à Kerfeunteun s'était révélé plus compliqué pour ma sœur. Elle ne voulait pas bouger. Elle avait arrêté sa route sur le banc extérieur de la maison, face au jardin et refusait de me suivre dans mes pérégrinations quimpéroises. Je quadrillais donc la ville à vélo pour prendre des repères. C'est lors d'une de ces investigations urbaines que je découvris l'herboristerie de monsieur Le Bloas à qui je rendais visite. Je lui fis part de mes interrogations sur l'état d'Aimée.

« Laissez-lui le temps de s'adapter, elle viendra lorsqu'elle sera prête. Mon confrère de Loctudy m'en a dit tellement de bien que je suis prêt à l'aider si vous avez besoin de moi ou de ma famille. »

De retour à la maison, je retrouvai mon Ombre à la même place, elle n'avait pas bougé. Espérant la faire réagir, je lui racontai ma visite à la cathédrale

Saint-Corentin, la légende du roi Gradlon, de sa fille Dahu et la ville d'Ys engloutie.

Son regard restait silencieux. En ce qui concernait ses émotions, elle était restée l'enfant que je n'étais plus.

Le 18 septembre arrivait à grands pas, je devais entrer au lycée et j'étais très inquiet. Il me fallait bien un miracle pour la faire réagir… et c'est ce qui s'est produit.

Un coup de tonnerre, un éclair que dis-je, une boule de feu entra dans le jardin.

« Bonjour, je suis Marie-Ange, la fille de monsieur Le Bloas, mais vous pouvez m'appeler Châtaigne. »

Et elle parlait la Châtaigne. Une asperge dans une salopette de garagiste, les cheveux roux, coupés courts au carré et des taches qui constellaient son visage blanc. Dieu qu'elle était étrangement belle.

« Je vous ai entendus parler avec mon père et je me suis dit que je pouvais vous aider à vous installer. Donc, vous êtes Aimée et vous Rohan ! Je suis bien contente de vous rencontrer. »

Du coup, nous étions deux zinzins à regarder cette drôle de fille, et trois mouettes, coites devant une telle apparition. Ses grands yeux verts, pleins d'énergie et de bonté me foudroyèrent immédiatement ; mon Ombre aussi. En trois minutes, j'étais amoureux, ma sœur aussi.

Comme une tornade, elle se mit à retourner la terre du jardin… et mon cœur ; celui de mon

Ombre probablement aussi parce qu'elle se leva, ouvrit sa malle à graines et se mit à semer celles qui iraient bien au printemps, selon un ordre établi par elle-même.

Puis, nous installâmes son laboratoire sous le chaume. J'eus l'idée de découper deux trappes dans le plafond de la cuisine pour faire monter la chaleur dans son officine.

Voilà, nous étions prêts.

Dès le lundi suivant, j'entrais au lycée ; Aimée à l'herboristerie, et la vraie vie commençait pour nous.

Une vraie vie à trois.

Châtaigne étudiait, elle aussi, au Cours Notre-Dame d'Espérance, rue du Frout, et voulait devenir médecin. Sa modernité choquait les demoiselles de la rive droite quimpéroise et moi j'aimais la grande liberté d'esprit, de ton et de mœurs qu'elle affichait. Mon corps tout entier pétillait pour cette garçonne et je n'étais pas loin de penser que mon Ombre aussi.

Les deux premières années de lycée ont été pour moi un délicieux tourment. Entre les cours, le sport, le football et les moments passés avec mon amoureuse et ma sœur, j'étais dans l'insouciance la plus totale.

— Excusez-moi Rohan, mais pour les questions bassement matérielles comment vous gériez le quotidien ?

— Eh bien, nous avions passé notre enfance dans une cuisine, alors question repas, ma sœur et moi n'avions besoin de personne. Quant au ménage, tout se faisait naturellement.

Tout le temps où nous n'étions pas en cours, nous le passions ensemble, avec ou sans Aimée. Châtaigne et moi, à force de nous chercher, de nous frôler et de nous retrouver ensemble pour nos devoirs et n'importe quelle occasion, nos corps n'en finissaient pas de s'exprimer.

Un jour, nos phéromones, plus nombreuses que d'habitude, nous ont aimantés. Marie-Ange a pris tendrement ma tête entre ses mains, et ses lèvres, en aveugles, cherchaient doucement chaque trou et bosse de mon visage pour y déposer un baiser d'une sensualité inconnue. Puis elle a pris mes mains, les a posées sur son visage et ferma les yeux. Elle me montra le chemin de la sexualité et je l'ai suivi sur chaque centimètre de peau que nous découvrions mutuellement. Un grand moment d'une lenteur infinie, d'une tendresse absolue. Nous nous sommes perdus, avec succulence, dans des zones totalement inconnues et si sensibles. Puis, naturellement nos corps se sont rejoints sur la table de la cuisine et là… je n'ai pas été brillant. Mais nous avons beaucoup ri de nos audaces. Nous nous sommes entre-lavés, entre-habillés et nous avons tenté de reprendre notre travail. Je ne suis pas certain que nos fesses reposaient vraiment sur le banc. Les trois mouettes, elles, étaient statufiées sur le rebord de la fenêtre.

Et puis, Aimée est entrée. Elle a senti que quelque chose de beau flottait dans l'air surchauffé de la cuisine. Elle nous a préparé trois tisanes qu'elle posa sur la table, s'installa auprès de Châtaigne et, tous les trois, dans un silence complice, avons repris nos travaux respectifs.

Ce soir-là, nous, nous ne voulions pas qu'elle parte, mais je suppose que Monsieur Le Bloas ne voulait pas qu'elle reste.

Voyez-vous, Corentin, ce fameux jour, j'ai compris que l'amour avait autant de visages que d'êtres humains.

L'amour de ma mère pour Dieu, ou pour Jésus, ou pour le curé, je ne sais pas.

Je suis né d'un acte de survie pour mon père et de la compassion de ma mère pour lui.

J'ai connu l'amour maternel et inconditionnel grâce à Léo.

Un amour gémellaire, mais pas seulement, entre Aimée et moi ; nous qui avions fusionné le jour de notre rencontre.

Et avec Châtaigne, mon Ange, l'amour charnel, sensuel, le désir de l'autre, tout cela a donné sens à notre vie.

Je ne parlerai pas des mouettes, je ne comprends toujours pas ce mystère.

La troisième année de lycée est passée très vite, comme vous pouvez l'imaginer. Cependant, les changements de vie, ont été particulièrement significatifs, ces années-là.

Châtaigne a entrepris de transformer Aimée en citadine. Ce n'était pas gagné, mais avec de la patience, elle a changé ma sœur en jeune fille en fleur. Les ciseaux posés sur la table, des vêtements à la mode étalés sur le banc, Châtaigne, avec une grande patience, attendit l'assentiment d'Aimée ; ce qui un jour est arrivé. Elle a pris les ciseaux, les a poussés vers Châtaigne et tout doucement s'est décoiffée. Sa longue chevelure s'est étalée en vagues successives sur ses épaules, et elle a laissé Châtaigne sculpter sa nouvelle apparence.

Pour ma plus grande honte, je n'avais jamais vu en elle, une si belle jeune fille. Il faut dire que mes observations, dans ce domaine, n'étaient pas non plus très larges.

— Pardon de revenir sur le même sujet, Rohan, mais vous étiez très jeunes pour vivre ces expériences ?

— Seriez-vous pudibond à ce point-là Corentin ? Nous avions dix-sept ans, c'étaient les années folles ! Certaines filles avaient rejeté toutes les conventions vestimentaires pour être à l'aise dans leur corps et Châtaigne était très libre.

— Elle ne s'est pas retrouvée enceinte ?

— Non, pas tout de suite. Les tisanes d'Aimée devaient être efficaces, je suppose…

— Quelles tisanes ?

— Celles qu'elle nous préparait tous les soirs.

Nous avons bien travaillé aujourd'hui, me semble-t-il, et je crois que la tempête arrive. Elle va souffler fort, une partie de la journée et cette nuit, et c'est un grand coefficient de marée. Votre bureau va être secoué non ?

— Oui, mais nous avons l'habitude.

— Prenez cette boîte de madeleines, avec un thé vert auprès de la cheminée, c'est la plus belle façon de lutter contre les vents et les marées.

Les vagues commençaient à battre les rochers de la corniche, et je rentrais directement à la maison par la rue de la Palue.

Mon épouse lisait, confortablement installée dans son fauteuil, auprès du feu. Rohan avait raison, c'est le meilleur endroit lorsque souffle la tempête.

— Justine, tu as du thé vert ?
— Non pourquoi ?
— Ah, mais ça ne le fait pas, tu n'auras pas de madeleine !
— Et toi, pas de thé du tout !
— Bon, d'accord, on partage ?
— Oui et tu me racontes.

Elle revint vite avec le plateau chargé et moi j'ouvris la boîte de madeleines.

— Il y a quelque chose de particulier dans ces gâteaux ?
— Je n'ai rien ressenti d'étrange, mais elles sont très bonnes.

— Alors ? Raconte !
— Rien ! Pas de mort cette fois-ci !
— Donc tes suppositions ne tiennent pas la route.
— Eh bien je ne lâche pas l'affaire parce qu'il y a le truc avec les tisanes qui m'étonne.

Je raconte donc à mon épouse l'installation à Quimper, Châtaigne, leur amour et la tisane. Rien ne semble la surprendre.

— Roméo et Juliette ont quatorze et quinze ans quand ils se rencontrent et ça donne une belle histoire.
— Rohan m'a dit que tant qu'il y avait les tisanes d'Aimée, Châtaigne ne tomberait pas enceinte ! Et je ne lui ai pas posé de question sur les tisanes
— En tout cas ce n'est pas la verveine menthe. Pour nous, ça n'a pas marché !

6ᵉ enregistrement : le temps des rêves

La tempête de la semaine dernière a convoqué le soleil. On parle toujours du calme avant la tempête mais rarement de celui qui suit les turbulences. À part les trois mouettes de Coatarmanac'h qui, manifestement, m'avaient adopté, je n'ai croisé aucune âme qui vive. Ce silence est étrange et presque angoissant. Ce qui m'a rassuré, c'est la présence de Rohan sur le balcon, comme à chaque fois.

Je retrouve la chaleur de la cuisine, le café sur la table et une assiette de crêpes encore chaude.

— Je suis si bien accueilli chez vous que, lorsque nous aurons terminé votre biographie ces rendez-vous me manqueront.

— Nous vous donnerons nos recettes Corentin et vous inventerez un autre rituel avec un autre client. La vie est une suite de rencontres et de desrencontres.

— Il existe ce mot-là ?

— Oui, je viens de l'inventer ! Prenez place, aujourd'hui j'ai beaucoup de choses à vous raconter et ça risque d'être un peu long.

Nous étions bien installés dans notre maison à Quimper. Aimée, Châtaigne et moi étions heureux.

Un dimanche par mois, monsieur Nedelec arrivait avec notre douce Léo et ses grands paniers de victuailles. Parfois les parents de Châtaigne venaient partager le café pour les retrouver. Nous formions une grande famille. Moi, j'étais le plus heureux de tous les hommes.

Oui, homme, malgré mes dix-sept ans. Mon nom était composé d'une particule, les cheveux blonds, les yeux clairs, j'étais un beau jeune homme ; le gendre idéal. Je jouais dans l'équipe de foot du lycée, très bon élève, courtois et aimable avec tout le monde. Et le pire de tout, je sentais l'amour ; et ça attire les mouches ! Filles et garçons.

C'est ainsi que par un beau jour de printemps, deux élèves de ma classe, Youen et Célestin, pas forcément les plus sympathiques, s'invitèrent chez nous. Châtaigne et moi aidions Aimée à effacer dans le jardin les traces de l'hiver qui, cette année-là, avait été particulièrement rigoureux.

« Salut Coatarmanac'h, tu ne t'ennuies pas, petit cachotier, deux filles pour toi, tu pourrais nous présenter. »

Dans la seconde qui suivit cette intrusion, nous sentîmes de la malveillance chez ces deux quidams.

« Bonjour, je vous présente Aimée, ma sœur et Marie-Ange, notre amie. Je peux faire quelque chose pour vous ?

— Ben ouais, partager… une tasse de café pour commencer…

— Nous n'avons pas de café mais une tisane si vous le souhaitez. »

Aimée et Châtaigne gagnèrent immédiatement la maison pour préparer une infusion. Moi, je ne veux pas les faire entrer alors je les invite à se poser sur le banc extérieur.

« Je suis désolé les gars, mais je ne peux pas vous garder plus longtemps, j'attends la visite de mon oncle André, brigadier-chef de la gendarmerie de Quimper.

— Coatarmanac'h a des problèmes avec la maréchaussée ?

— Non, nous préparons des plants de fleurs pour son jardin et nous souhaitons terminer avant le coucher du soleil.

— À y regarder de près, Coatarmanac'h, dit Youen, ta sœur, elle n'est pas neuneu ? Et ta rouquine, c'est une sorcière non ? »

Sans répondre, j'allai chercher les tisanes, je pris ma tasse et je leur demandai en quoi je pouvais les aider.

« Une simple visite de courtoisie », reprend Célestin avec une condescendance forcée.

Ils me dirent que je suis bien installé et que la vie ne semble pas difficile pour moi en faisant des allusions à mon rang; puis :

« Elles sont où les filles ? Ce n'est pas gentil de ne pas partager. C'est ça les riches, ça garde tout pour soi. »

Là, je commençai à perdre patience et je leur dis que si les filles ne nous rejoignaient pas, c'est qu'elles n'en avaient pas envie et j'en profitai pour leur demander fermement de bien vouloir partir. C'est à ce moment-là que Youen se leva, blême et me demanda :

«Tes chiottes, vite c'est où ? »

Il n'eut le temps de les atteindre que je vis une tache marron élargir le fond de son pantalon.

La situation était cocasse mais, contrairement à son ami, je n'ai pas ri. Je lui apportai un caleçon, un de mes pantalons et lui indiquai le coin toilettes, à droite du cabinet.

« Qu'est-ce qu'il a mangé cet idiot, dit son copain, ou ce sont tes sorcières qui nous ont empoisonnés ?

— Ne dis pas de bêtises, il me semble que ni toi ni moi ne sommes dérangés. Dès que Youen est prêt, vous dégagez ! »

C'est ainsi qu'ils partirent mais, au fond de moi, je savais que cet incident n'était pas terminé.

Ils ont bien tenté de me chercher quelques jours après, mais Youen a bien compris que son honneur serait perdu pour un temps. Cependant, je ne les ai jamais perdus de vue. Les mauvaises herbes finissent toujours par repousser.

Dès le réveil de la nature, nous nous transformions en cueilleurs pêcheurs. La Reine des graines nous conduisait dans la campagne et nous indiquait les plantes qu'il fallait récolter, comment les cueillir et surtout comment les ranger dans les paniers.

J'appris que les plantes, c'est comme les humains ; certaines s'attirent et d'autres se nuisent entre elles.

Le traitement de ces plantes demandait des attentions particulières et une longue période de travail attendait mon Ombre. Alors, Châtaigne et moi, nous nous détachions d'elle quelques heures, de temps en temps, pour aller à Bénodet sur la motocyclette de mon amoureuse.

Pendant les vacances, nous allions à Loctudy voir notre bonne Léo, qui était friande de notre vie quotidienne et de ce qui se passe dans la grande ville. Monsieur Nedelec qui avait trouvé, grâce à Léo, une « famille », passait régulièrement ses soirées avec elle. Ils faisaient de la lecture partagée (presse, livres) et échangeaient sur l'état de leur monde. Ce qui les animait tous les deux, c'était l'extraordinaire avancée sociale arrachée par des grèves massives de la population ouvrière. Je suivais ça de loin mais j'avais d'autres préoccupations, vous vous en doutez, j'avais d'autres priorités.

Vraiment Corentin, cette période de 1933 au milieu 1936 a été la plus belle de notre existence. Pour nous, pour notre entourage, volatiles compris.

Châtaigne et moi avons particulièrement brillé lors de nos deux baccalauréats. Il faut dire que nos hormones avaient de quoi se satisfaire et n'entravaient donc pas nos études.

Notre Reine des graines devenait Maître en herboristerie reconnue par le père de Châtaigne et Monsieur Nedelec. Vous imaginez bien que la grande académie des herboristes ignorait qu'une plante sauvage et rare s'épanouissait brillamment en marge de l'institut.

Tous les trois, nous avions pour projet de conquérir Paris. Pour Aimée, travailler dans une grande herboristerie et produire des crèmes de beauté pour les femmes. Pour Châtaigne, l'entrée à la faculté de médecine et moi, faire une année de préparation dans le prestigieux lycée Louis Le Grand. Je voulais préparer le concours d'entrée de l'école d'ingénieur des Ponts et Chaussées.

« Jeudi », mon frère qui s'appelait en réalité Marc, vivait dans une maison, sur la Butte-aux-Cailles, dans le 13ᵉ arrondissement. Une grande et belle maison qu'il partageait avec son ami Louis, ingénieur à l'usine Panhard et Levassor. Celui-ci, cadre supérieur dans cette entreprise, avait la jouissance de cette demeure agrémentée d'un jardin.

Ils avaient accepté de nous héberger le temps de nos études.

Nos projets étaient bien organisés, le départ prévu pour la fin du mois de septembre, à l'ouverture des établissements scolaires. Il nous restait donc à profiter de ce fol été 1936.

L'arrivée massive des premiers «Congés Payés», qui coïncidait avec celles des «privilégiés» de la haute société a généré un encombrement invraisemblable. Les rues, les routes, les voies de chemin de fer furent engorgées dans tout le pays qui n'avait pas anticipé ce déferlement de touristes, sauf Mère qui avait loué tout ce qui pouvait se monnayer, notre chambre comprise.

Cet été 1936, nous l'avons passé tous les trois chez monsieur Nedelec.

Les mouettes étaient un peu perturbées.

Depuis plusieurs semaines, le goût des tisanes d'Aimée variait et l'appétit de Châtaigne diminuait. Le jour où elle s'est précipitée pour vomir son quatre-heures, je suis allée vomir le mien pour la soutenir.

«Icha ma Doué… s'ils portent un enfant chacun, va falloir que j'ajoute une pièce à mon tablier que c'est!»

Léo était hilare et monsieur Nedelec s'approchait de nous pour nous féliciter.

Les mouettes tournaient en rond au-dessus de nous et Aimée, Reine des graines, était sereine et calme.

Vous imaginez bien, Corentin, que je me suis couvert de ridicule.

Le deuxième grand virage de notre vie était amorcé alors que je ne l'avais pas vu venir.

Voilà Corentin ce que je peux vous dire aujourd'hui. Je pourrais donner des détails supplémentaires, mais je ne souhaite pas, pour l'instant, perturber l'essentiel de ce que je pourrai raconter la prochaine fois.

— Je suis surpris de voir que la morale chrétienne en vigueur vous a accordé le droit de vivre vos vies sans vous brûler sur la Place au Beurre ?

— En ce qui me concerne, la religion m'a juste traversé sans vraiment me perturber. Je laissais à Mère et à Clitorine, ma sœur religieuse, le soin de prier pour nos âmes. Les nôtres étaient trop occupées à nous rendre heureux. Et puis, nous ne vivions pas au château alors, pas vu, pas su ! Il y avait bien les voisins, mais les remèdes que leur donnait Aimée pour leurs maladies favorisaient les petits arrangements avec le diable. Je crois que je vais arrêter là

— C'est fini pour aujourd'hui ?

— Oui, Corentin, je suis fatigué… et j'ai besoin de me préparer pour vous parler de la suite… Mes hommages à votre épouse Corentin.

Je me sens très frustré, je m'attendais à plus de récit et me voilà encore congédié. J'espère qu'il va avoir la force de continuer son histoire.

La mer est basse, Justine doit pêcher des crevettes et des bigorneaux; je décide de passer par la corniche.

Trois mouettes virevoltent autour d'une silhouette que je reconnais immédiatement. Arrivé à la hauteur de la maison, je pose mon cartable, mes chaussures et chaussettes sur le mur d'enceinte de notre domicile et je rejoins mon épouse affairée dans une grande flaque de rocher.

— Châtaigne est enceinte, ils vont avoir un enfant.

— Ce n'est pas de chance pour lui, cet enfant va mourir avant ses parents, c'est bête.

— Ben, pourquoi tu dis ça? Comment tu le sais?

— C'est toi le biographe, quand Rohan est venu te voir, il a dit qu'il était le dernier de la lignée des Coatarmanac'h, c'est donc qu'il n'a plus d'héritier.

— J'espère qu'il aura vécu pour leur plus grand bonheur, leur histoire d'amour est si belle et tellement… moderne pour l'époque.

— Tu as remarqué que les trois mouettes nous ont adoptés, si ça se trouve, elles pensent que nous sommes de la famille. En tout cas, s'il nous lègue le château rose, tu le refuses, trop de travaux à faire. Je commence à avoir mal au dos pour pêcher, ce n'est pas pour porter des sacs de ciment.

— Je vais préparer du thé, j'ai ramené des crêpes délicieuses.

— Meilleurs que les miennes ?
— Ben… différentes.
— Tu n'as toujours pas vu la Reine des graines ?
— Toujours pas !
— Pas de mort suspecte ?
— Non plus, tu as raison, je dois être déformé par mon métier de juge !

7ᵉ enregistrement : Paris

Le vent de Nord-Est est glacial et n'incite ni homme ni bête à sortir. Mon caban et mon bonnet de laine ne suffisent pas à barrer le chemin de l'air vicieusement froid qui me gèle les os. J'accélère le pas pour retrouver la chaleur de la cuisine et l'odeur du café qui m'attendent.

Ce sont les trois mouettes qui me guettent sur le perron et l'absence de Rohan suscite un soupçon d'inquiétude qui se calme dès que la porte d'entrée s'ouvre.

— Entrez vite vous réchauffer devant une bonne tourte aux pommes encore tiède. Le froid est si pénétrant que j'ai préféré vous attendre à l'intérieur.

Nous nous installons confortablement au plus près de la source de chaleur. Une assiette garnie est posée sur le bord de la cuisinière Aga afin de maintenir la tourte au chaud. Immédiatement, j'ai cinq ans et je suis à nouveau sur les genoux de ma grand-mère et j'entre en douce torpeur.

— Ne vous relâchez pas complètement, Corentin, nous avons du travail.

Je crois que Rohan s'amuse de cette situation, mais, il a raison, je dois rester vigilant et attentif à ses récits.

Donc, ma sœur est prête à accueillir un enfant. Elle décide que Châtaigne serait une maman idéale et… ses tisanes changent de goût…

— De quelles tisanes parlez-vous, Rohan ? Vous me dites qu'il y a des tisanes qui empêcheraient de se retrouver enceinte et d'autres qui favoriseraient la gestation ?

— Mon Ombre est une très grande herboriste. Elle connaît les secrets des plantes et sait que chaque mal à sa plante ou ses plantes. L'homme peut utiliser le monde minéral, végétal, animal et humain pour bien vivre en harmonie avec la nature et soigner ses maux. On peut être sceptique sur ce type de médecine, mais nous avons toujours respecté la nature et elle nous a toujours aidés à bien vivre.

— Mais tous ses savoirs vont se perdre le jour où votre Ombre passera dans la lumière éternelle ?

— Nous avons un grand projet pour cela et vous le connaîtrez en temps voulu. Pour le moment, je continue mon histoire.

Ma belle Châtaigne porte notre enfant et nous nous marions très vite, avec pour témoins les parents de mon amoureuse, Léo et monsieur Nedelec.

— Et votre famille ?

— Non ! Mère, comme d'habitude m'a répondu : « faites donc, mon ami, faites donc », en signant nos demandes d'émancipation sans les lire comme de coutume. C'est quelques jours après cette signature que le drame est survenu dans leur famille.

— Leur famille ? Vous parlez de votre famille !

— Bien sûr, mais tellement à la marge…

« Vendredi », ma sœur cavalière avait contracté un mariage dont les termes me sont inconnus. Cependant, son époux était plus tendre avec ses chevaux ou ses maîtresses qu'avec son épouse. Toujours est-il qu'elle a été retrouvée couverte de marques sans vraiment savoir qui du cheval ou du mari avait porté le coup fatal. Évidemment, nous avons été très affectés par cette triste nouvelle et nous sommes allés à Loctudy, mais la famille ne s'est pas aperçue de notre présence.

Alors, nous sommes rentrés chez nous.

Châtaigne, Rohan et Aimée de Coatarmanac'h de Kerfeunteun… la promesse du bonheur pour nous et notre famille.

À ce moment précis, nous hésitions à partir à Paris parce que nous devions choisir ce qui était le mieux pour Châtaigne, le bébé, nos proches et nos études.

Nous décidons de faire une année de préparation aux grandes écoles à Quimper et la deuxième année à Paris.

Avant la rentrée scolaire, nous gréons la maison pour l'hiver que nous envisageons rigoureux. Nous installons dans le laboratoire d'Aimée un lit une armoire et une commode. Et organisons dans la chambre du bas un coin pour le lit de bébé.

Nous sommes fin prêts pour la rentrée scolaire. Les normes sociales sont respectées, le tout béni par le curé de notre paroisse. Que demander de plus que le bonheur dans lequel nous baignons !

L'automne éclate de mille couleurs chatoyantes ; ma châtaigne, mon soleil, resplendit ; elle est reine chez elle dans cette saison.

Entre elle et Aimée, les promenades dans les bois deviennent « université ». Les champignons, les herbes, les baies, les fruits à jus, à coques, à bogues, tout ce qui se mange et aromatise se retrouve dans nos paniers. À chaque craquement, nous inspectons les lieux pour le plaisir de voir sauter des lièvres, se faufiler des renards, regarder dans les yeux des cerfs ou des biches. Faisans, perdrix, pigeons s'envolent à notre approche. Nos promenades sont des féeries.

Le ventre de mon amour s'arrondit pour devenir une planète ; la mère et l'enfant dansent fort dans mon cœur. Aimée est paisible et surveille la maman et son petit comme pour les protéger d'un danger incertain.

— Vous n'étiez pas embêtés par les chasseurs ?
— Malheureusement si. Les cueilleurs sont les malvenus dans les bois parce qu'ils effraient la faune. Du coup, nous parlions fort et rions gaiement pour alerter les bêtes et volatiles.

L'automne commençait dans la beauté et la joie. C'est dans cette atmosphère de félicité que mes deux compagnes se rendirent au marché du Steir. Il fallait habiller Châtaigne pour l'hiver et prévoir large.

Repérées par les deux vilains de notre connaissance, Youen et Célestin, Aimée et mon épouse finissaient leurs derniers achats. Sur le chemin du retour par la rue des Gentilshommes, les deux olibrius s'approchèrent d'elles et commencèrent à les interpeller. Devant l'indifférence des deux femmes, ils s'échauffèrent et chacun d'entre eux attrapa l'une d'entre elles par le bras. Alors que Châtaigne tentait de se débarrasser de Youen, Célestin fut soudain figé par les hurlements d'Aimée. « Comme un porcelet qu'on égorge » avait dit Léo lors de notre première rencontre sur la plage. Youen, effrayé par les cris lâcha enfin Châtaigne, qui perdit l'équilibre. Sa tête heurta une marche de pierre et elle rejoignit instantanément l'autre monde avec notre bébé de cinq mois.

— Oh, je suis désolé Rohan, quel malheur !
— Oui, ce fut un grand malheur pour nous tous et le premier grand drame de ma vie. Les deux assaillants ont été arrêtés en partie grâce aux

trois mouettes, qui avaient ralenti leur fuite par un combat féroce. Les gendarmes du marché sont arrivés en courant, les ont arrêtés et plus tard, ils ont été condamnés à des peines particulièrement légères au regard de nos douleurs, mais c'est une autre histoire.

J'ai fait dans mon cœur un lit douillet pour Châtaigne et l'enfant et je les couvrais d'amour tous les soirs pendant de longues années. Un jour, je les rejoindrai avec félicité.

— Et Aimée ?
— Elle a préparé ses bagages. J'ai compris qu'il était temps pour nous de partir à Paris. C'est ce que nous avons fait. Aimée a laissé son laboratoire sur place mais a chargé son capitulaire, ses graines et ses plants dans une grosse cantine.

Là encore, monsieur Nedelec nous accompagna à Paris avec sa camionnette Peugeot. Il avait plusieurs raisons pour entreprendre ce voyage. Inquiet pour l'avenir de son métier, il souhaitait officiellement participer à un colloque (comme on le dit aujourd'hui). Il voulait également présenter Aimée à ses amis d'école d'herboristerie et lui trouver un emploi. Il avait aussi envie de respirer l'air de la révolution sociale qui grandissait pour raconter à Léo. Et puis, il voulait aussi voir l'immense chantier dans le cœur de la plus belle capitale du monde : La préparation de l'Exposition Universelle de 1937.

La route a duré trois jours, et c'est pendant ce trajet que j'ai appris à conduire. Mon esprit concentré sur la route et la machine, j'oubliais pendant de courts instants, ma terrible souffrance. Par contre, Aimée n'avait pas plus de réaction que les malles qui contenaient ses graines. Peut-être avait-elle aussi besoin de repos. Je veillais sur mon Ombre comme sur la prunelle de mes yeux.

Monsieur Nedelec parlait sans cesse de cette prochaine exposition, du Front populaire et de ses grandes lois pour le peuple… il parlait et je ne comprenais pratiquement rien de ce qu'il me disait. Pourtant, au fond de moi, je sentais les ondes positives qu'il déversait dans l'habitacle du véhicule. Je ne prenais pas part à ses discours enthousiastes, mais je lui offrais de temps en temps quelques pauvres sourires pour l'encourager à continuer.

Nous avons abordé la capitale par le sud et la Porte d'Italie.

Vous savez pourquoi elle se nomme ainsi ? Parce que c'était cette voie que les soldats romains empruntaient pour repartir chez eux.

Nous, sommes arrivés aux pieds de la Butte-aux-Cailles, dans le 13e arrondissement de Paris. C'était un quartier populaire habité en grande partie par les ouvriers de chez Panhard, Citroën et autres industries. Cet endroit, entièrement consti-tué de maisons d'ouvriers, formait, pour notre plus grand confort, un petit village qui pouvait vivre en autarcie.

Louis et Marc, mon frère «Jeudi», nous attendaient et nous avaient réservé le deuxième étage de la «villa Rose», rue des Peupliers. Oui, ça ne s'invente pas, mais là il s'agissait d'un prénom féminin et non d'une couleur.

Une belle bâtisse, toute en pierre avec le confort à tous les étages. Le chauffage central au bois et charbon, l'électricité, l'eau courante et le gaz de ville. Un confort exceptionnel qui aurait bien rendu service à Léo si elle était venue avec nous. Chaque cheminée était équipée de salamandres qui permettaient un chauffage complémentaire en cas de panne de la chaudière.

Nous étions loin d'avoir ce confort dans notre maison à Quimper ou dans notre château à Loctudy. Mais nous étions à Paris.

Une fois de plus, mon Ombre avait suspendu son temps. Assise sur la dernière marche du perron, elle se balançait en silence.

Avec monsieur Nedelec, nous parcourions Paris et j'avais repéré le bus n° 47 pour rejoindre le lycée Louis Le Grand en plein cœur du Quartier latin. J'appris ainsi le bus, le métro, et ce qui restait du tramway ; j'ai ressenti une impression de liberté intense. Châtaigne était vivante en moi. Je l'imaginais sautant, riant, émouvante comme elle savait l'être devant un endroit inconnu. Je commençais à m'enchanter de cette ville incroyable, magnifiquement remuante, et je me laissais porter par elle. Ma seule ombre était mon Ombre. Comme pour Quimper, j'attendais un miracle, et, comme à Quimper, il est arrivé une semaine après notre aménagement. Les trois mouettes avaient, elles aussi, fait le voyage par leurs propres moyens et sont arrivées au-dessus de la maison en caquetant et en volant au-dessus d'Aimée. C'est ainsi qu'elle est sortie de sa torpeur.

Elle s'est levée, a fait le tour du jardin, scruté le ciel pour s'orienter par rapport au soleil puis elle s'est dirigée vers les outils de jardinage. Du coup, il n'y en avait plus assez pour tout le monde parce que nous voulions tous aider Aimée à retourner la terre.

Pour fêter son retour parmi nous, Louis et Marc organisèrent un dîner. Monsieur Nedelec avait confié l'avenir d'Aimée à un de ses confrères présents à cette soirée. Monsieur Edmond Lamarque, était non seulement herboriste mais aussi professeur à la faculté de pharmacie, ce qui ouvrait la petite porte de cette prestigieuse institution à notre grande herboriste.

Puis, chacun reprit sa route vers ses activités principales. Monsieur Nedelec ramena à notre bonne Léo une tour Eiffel du même métal que la vraie et une série de photographies de tout ce qu'il avait vu.

Quant à moi, je me retrouvais dans un établissement de jeunes gens bien nés et le plus souvent arrogants. Au fil des semaines, je devins le « noblaillon breton » et j'aurais pu devenir une tête de Turc si Adrien de Maupertuis, arrière-arrière-petit-fils d'un corsaire du roi au XVIIe siècle ne s'était lié d'amitié avec moi. Originaire du pays malouin, il était passionné par les mathématiques et elles nous ont rapprochés.

Souvent après les cours, nous continuions les maths dans un bistrot place de la Sorbonne. Les filles ricanaient autour de nous pour attirer notre attention mais nous avions d'autres préoccupations. Je voulais tenter l'examen d'entrée à l'École des Ponts et Chaussées pour devenir ingénieur et Adrien voulait devenir architecte. Le reste du temps, il m'emmenait sur les chantiers de l'Exposition universelle, me parlait d'art, de musique, de dessin, de peinture, de théâtre. J'ai découvert avec lui le musée national des Arts d'Afrique et d'Océanie et l'architecture Art déco qui passionnait tant mon nouvel ami. Il attendait avec impatience la réouverture du centre Albert Khan et de ses « Archives de la Planète » à Boulogne. Il souhaitait aussi visiter les jardins des bouts du monde. Albert Kahn croyait à la paix universelle mais la paix n'était pas au programme de l'année 1936. Le monde grondait, l'Europe se radicalisait et moi, grâce à Adrien, je découvrais tout ce que j'avais un peu ignoré au bout du bout de ma Bretagne.

Un jour qu'il venait me chercher pour visiter le château de Versailles, je lui présentai Aimée. Dès son premier regard sur elle, il est tombé en amour.

Un grand moment de silence séduisant planait autour d'eux et Châtaigne dansait de plaisir dans mon cœur. Je suis passé en quelques secondes de la sidération, à la jalousie puis la honte rouge aux joues et j'ai écouté mon amour à moi qui me claironnait sa joie pour Aimée. Alors, j'ai accepté puis admiré ce phénomène. Il a tendu ses deux mains vers elle, le regard apaisé d'Aimée allait de ses yeux à ses mains puis lentement a effleuré le bout d'un doigt d'Adrien. Elle s'est retournée et a regagné son laboratoire.

Il m'a fallu réveiller le prince charmant :

« La circonférence d'un cercle est égale à la somme de ses quatre côtés multipliée par Pi… » n'a pas suscité de réaction. Là, j'ai compris que c'était du sérieux. Je l'ai conduit dans le jardin pour discuter.

« Adrien, lui dis-je, ma sœur est différente de nous, elle est mon Ombre et ma lumière, belle et suprêmement intelligente, mais elle ne parle pas et surtout quand on la touche elle… hurle…

— Pourquoi tu l'aimes, Rohan ?

— Pour ça, parce qu'elle est innocente, vulnérable, émouvante et si douée…

— Ne peut-on pas être deux à l'aimer de la sorte ? Elle a touché mon doigt Rohan, et si c'est le seul contact que je peux avoir avec elle, je m'en contenterai. Laisse-moi l'aimer comme elle est, Rohan, jamais je ne lui ferai de mal ; jamais je n'autoriserai qui que ce soit à lui faire du mal, quitte à en mourir. »

J'entendais Châtaigne me murmurer de faire confiance à ces deux êtres. J'ai donc pris mon ami « Lancelot du Lac » dans mes bras pour signifier mon accord.

J'ai totalement craqué lorsque les trois mouettes nous ont approuvés.

Les voisins ont commencé à nous regarder d'un drôle d'air. Vous pensez ; un couple de garçons et un ménage à trois, ça faisait jaser dans les chaumières. Ce qui était le plus drôle dans l'affaire, c'est que les mouettes nous protégeaient. Sans blague, Corentin, dès qu'un intrus passait sa tête pour regarder par-dessus notre mur ou à la porte du jardin, elles lâchaient leurs fientes sur lui.

Tout ceci n'était pas sans ajouter de la colère à la curiosité malsaine de certaines commères du quartier.

Lorsque la maréchaussée est venue nous voir parce qu'il y avait plainte contre nous, nous n'avons pas été surpris :

« Il paraît que c'est un nid de sodomites et de pornographie ici, nous aimerions avoir une explication Messieurs, Madame. »

Louis s'est levé, et avec sa prestance d'homme honorable, fait les présentations :

« Mais certainement Messieurs, je vous présente Aimée, Marc et Rohan de Coatarmanac'h qui sont frères et sœur ; Monsieur Adrien de Maupertuis, fiancé d'Aimée et moi, Louis Jansac heureux ami de ces gens de bonnes mœurs. Voulez-vous visiter notre demeure Messieurs ? »

Au rez-de-chaussée, il y avait une grande cuisine, une salle à manger et deux salons. Au premier étage, une salle de bains et trois chambres. Deux étaient « utilisées » la troisième était destinée aux amis. Au deuxième étage, la même configuration mais la chambre d'ami était le laboratoire d'Aimée, ce qui intrigua fort nos policiers.

« Ma sœur est herboriste Messieurs. Elle travaille rue Monge chez monsieur Lamarque, herboriste et professeur d'université à la faculté de médecine. Elle fabrique des huiles essentielles, des remèdes et crée des crèmes pour la peau des femmes.

— Mais elle ne parle pas ? demande l'un d'eux.

— Non monsieur, elle ne parle jamais.

— Et toutes ces crèmes pour les dames, où les vend-elle ?

— Chez monsieur Lamarque, dans son officine. »

Aimée se dirigeait vers une de ses malles et offrit à chacun un pot de crème de sa composition.

Du côté de la maréchaussée, le problème de voisinage était réglé, mais pas du côté de la bêtise.

Viviane Valette avait une langue de vipère et son venin se distillait dans les chaumières aux alentours. Et vous savez, Corentin, lorsqu'une rumeur est lancée, elle a beau être stoppée, il en reste toujours des traces dans les esprits étriqués.

Rue Moulin-des-Prés, nous avions nos détracteurs et nos supporters. Nos supporters étaient ceux qui bénéficiaient des bienfaits d'Aimée.

Elle avait commencé à soigner l'impétigo des deux enfants de l'épicière avec une huile essentielle d'origan compact diluée dans de l'huile d'amande douce et sa réputation était faite dans tout le quartier.

Nous avons donc décidé de ne pas nous mêler de tous ces bavardages et de continuer à mener nos vies comme nous l'entendions.

Un jour, grâce aux mouettes qui veillaient sur nous, nous nous sommes aperçus que nous étions épiés par des yeux malintentionnés à travers les branches de laurier-rose au fond du jardin. Vous me croirez ou pas, mais, au bout du compte, c'est le laurier qui a gagné. Il faut dire que la Vipère ne se lavait pas souvent les mains et que la plante avait libéré ses toxines.

— Comment cela « la plante a libéré ses toxines » ? dis-je avec curiosité.

— Vous ne connaissez pas l'histoire des soldats de Napoléon pendant la guerre d'Espagne ? Pour manger l'agneau qu'ils venaient d'égorger et de préparer, ils prirent pour brochettes des branches de laurier-rose. Sur les douze convives, huit sont morts et quatre ont été gravement intoxiqués. Pour votre gouverne, Corentin, les plantes qui nous entourent peuvent avoir des bienfaits mais d'autres sont des poisons. Après, tout le reste est une question de dosage.

— Vous êtes en train de me dire que le laurier-rose qui est dans mon jardin est un assassin en puissance ?

— Oui, parmi tous les autres.

— Lesquels ?

— Là, il faudrait voir avec mon Ombre, c'est elle la spécialiste.

— Justement, quand pourrais-je la voir ?

— Quand le temps sera venu. Je suis un peu fatigué, Corentin, nous nous verrons la semaine prochaine si vous le voulez bien.

— Oui, bien sûr, transmettez mes hommages à Aimée.

De retour à la maison, je cherche mon épouse en criant :

— Trois morts cette fois-ci, dont une suspecte et un assassin dans notre jardin.

Justine me regarde, je suis essoufflé et inquiet.

— Tu savais que le laurier-rose est une plante mortelle… et il paraît que tout ce qu'on a planté est toxique ?

— D'accord, d'accord, reprend Justine, on va se calmer et tenter de réfléchir. Que faut-il faire pour se faire empoisonner par le laurier-rose ?

— Des brochettes, tu fais des brochettes avec les branches de cet arbre et tu passes l'arme à gauche.

— Et combien de fois avons-nous fait des brochettes avec des branches d'arbre ou des tiges de laurier ?

— Jamais, mais on aurait pu. Mais moi je pense aux enfants et aux petits…

— Pourquoi me racontes-tu ça ? Tu as dit, trois morts dont une suspecte, raconte !

— Rohan m'a dit que le laurier-rose avait « gagné sur la Vipère » qui espionnait ce qui se passait dans la maison où ils habitaient à Paris. Elle est morte intoxiquée par le laurier-rose. Moi, j'angoisse à l'idée que nos enfants et petits-enfants jouent à côté de notre laurier.

— Certes, mais jusqu'à présent nous n'avons déploré aucune perte et personne n'a été malade me semble-t-il ? Et je n'ai pas connaissance de pareilles histoires.

— Justine, tu sais que, depuis que j'ai commencé cette biographie, je sens qu'il y a des choses étranges. Le récit est régulièrement ponctué de morts et toujours au bon moment. Ce n'est pas clair tout cela.

— Qui sont les deux autres malheureux ?

— Châtaigne et le bébé…

— C'est l'info la plus douloureuse de l'histoire et tu me bassines avec mon laurier-rose ? Que s'est-il passé ?

— En rentrant du marché, elles ont croisé les deux mauvais compagnons, Youen et Célestin, qui les ont malmenés. Châtaigne est tombée sur une marche la tête la première et elle est morte sur le coup.

— Oh ! Ça me touche beaucoup, quel malheur...

— Oui, mais pour le laurier-rose, comment il sait que c'est le laurier-rose qui a gagné ? Il n'y a pas eu d'autopsie que je sache ?

— Tu lui as demandé ?

— Quand je lui pose des questions, il répond en bordure mais jamais dans la cible. Bon, je vais faire la retranscription. Peut-être que j'y verrai plus clair.

— D'accord et je la lirai ce soir. Par contre, pour le laurier-rose, pas question que je le décapite. Il n'a tué personne lui.

8ᵉ enregistrement : l'Amérique

Le grand vent de norois a ramené une pluie glaciale. L'hiver est bien là, les grandes marées de ces derniers jours projettent du sable et du varech par-dessus notre mur d'enceinte. Justine ne va plus pêcher, car « ce n'est pas la peine d'attraper la mort pour trois bigorneaux ». Alors, elle va au port, à l'arrivée des bateaux, chercher notre dose d'iode journalière.

Noël va arriver très vite ainsi que toute la famille, j'espère que le temps va se radoucir pour pouvoir profiter de la plage. Peut-être que je devrais couper le laurier ?

Le rituel d'accueil avec Rohan est toujours le même et j'avoue aimer ces moments chaleureux. Je profite de ces instants moelleux pour poser mes questions :

— Rohan, il y a une chose qui me turlupine, comment vous avez su que le laurier-rose avait gagné sur la Vipère ?

— C'est le docteur Dartois, notre voisin, qui nous a dit qu'elle avait été prise de vomissements, de diarrhées, et que son cœur s'était arrêté. Il pense qu'elle a mangé une saleté. Nous, on a tout de suite pensé au laurier-rose, à force de se frotter à lui, de respirer des particules dans la poussière, l'eau qui tombe des feuilles sur ses mains.

— C'est si virulent que cela ?

— Le cumul de toutes les possibilités d'empoisonnement du laurier était vraisemblablement atteint.

— Il n'y a pas eu d'autopsie ?

— Je ne pense pas. Le bon côté pour nous est que les ragots ont cessé.

D'un geste, il me demande le silence.

— Je vous ai dit qu'Adrien de Maupertuis est tombé follement amoureux de mon Ombre. C'était un amour courtois, Lancelot des chevaliers de la Table ronde. Dès qu'il pouvait venir, il était là, à tel point que Louis a fini par lui louer la chambre du premier étage. Tout comme nous, il participait aux dépenses d'entretien et de bouche. Il était plaisant à vivre et il me semblait qu'Aimée appréciait sa compagnie. Son emploi du temps était calqué sur celui de sa bien-aimée. Il l'accompagnait aux cours ou à l'herboristerie et il allait la rechercher. C'était pour moi un changement de vie, car il était devenu l'ombre de ma sœur qui brillait comme un soleil et moi je me retrouvais dans l'ombre. Heureusement, Châtaigne et notre ange me chauffaient le cœur. Les trois mouettes ne trouvaient rien à redire de cette situation. Tout allait pour le mieux dans le meilleur de notre monde.

Cette année scolaire 1936-1937 se terminait dans cette atmosphère de belle routine. Mon compagnon et moi avons passé avec succès notre concours d'admission dans nos écoles respectives. Aimée allait continuer ses études et son travail chez monsieur Lamarque. La vie nous offrait un beau moment de paix.

Puisque congés payés il y avait, nous sommes tous partis en Bretagne.

Marc et Louis, pour plus de discrétion, ont occupé la maison de Kerfeunteun. Adrien, Aimé et moi logions chez notre cher monsieur Nedelec. Adrien est devenu le héros de Léo qui reconnaissait « l'amour vrai... que c'est ». Et je dois dire que j'aimais les voir heureux ensemble et chacun à sa manière.

— Vous ne vous sentiez pas seul ?

— Non ! Jamais mon Ombre ne s'est pas éloignée de moi et jamais Adrien ne m'a fait de l'ombre. Et puis, j'avais Léo qui, me calait à nouveau contre son tablier et me nourrissait d'amour avec ses tartines de beurre salé et de bigorneaux.

Cependant, les petits gastéropodes marins n'étaient plus pêchés par Léo, mais par Denise, une petite sœur d'Aimée qu'elle ne connaissait pas. Denise avait remplacé Aimée auprès de notre bonne cuisinière. Il faut dire que les tâches domestiques étaient de plus en plus nombreuses à cause des vacanciers du château.

Denise n'était pas zinzin selon la formule consacrée pour désigner les personnes différentes, mais elle ne comprenait pas pourquoi Aimée, sortie du même panier de crabes qu'elle, était considérée comme une reine alors que toute sa famille parlait de la « folle ».

La Reine avait tout d'une grande dame, ses mains douces et blanches étaient soignées, elle portait des vêtements à la mode de Paris. Elle avait à ses côtés un amoureux transi. Moi j'étais en admiration devant mon Ombre pour toutes les qualités que vous lui connaissez. Pour couronner le tout, Léo avait ressorti ses recettes de cuisine végétarienne spécialement pour elle. Je crois que le pire affront pour Denise était le sentiment maternel que Léo éprouvait pour « sa petite ».

La pauvre fille n'était pas armée pour lutter contre sa propre jalousie alors, d'emblée, elle a haï sa sœur. La haine transpirait par tous les pores de sa peau, par ses regards assassins et par les grossièretés qui sortaient de sa bouche. Pour bien parachever sa colère, les mouettes revenues au pays par leur propre moyen, fêtaient Aimée et fientaient sur la sœur.

Quand elle a voulu assommer Aimée avec un rouleau à pâtisserie, c'est la main d'Adrien qui l'a arrêtée, celle de Léo qui l'a chassée, et la mienne qui a godillé pour la ramener chez elle de l'autre côté du phare.

Monsieur Nedelec présenta à Léo une jeune fille de 16 ans et de famille respectable pour remplacer la pauvre Denise et notre douce Jeanne-Marie restera avec Léo et au château toute sa vie.

Quelques jours plus tard, nous apprendrons que Denise, devenue hystérique dès son retour chez elle, avait succombé à une maladie due au diable avait dit le curé.

— Au fait, quel est le nom de la famille d'Aimée ?

— Léo était une Kervelec, et Aimée est née Gouziou. J'ai gardé mon âme d'enfant, pour moi tous ceux qui habitait le château étaient des Coatarmanac'h.

Les vacances terminées, nous sommes rentrés à Paris par le train. Nous avions du temps avant la rentrée des écoles, Adrien et moi et parfois Aimée avons passé des jours entiers à l'Exposition universelle. Je me suis particulièrement intéressé au doublement du pont d'Iéna et Adrien aux différentes architectures qu'offraient les nombreux pavillons. Probablement à cause de la politique d'Hitler j'ai détesté d'emblée l'art du IIIe Reich. Tout dans cette exposition était époustouflant. J'ai pleuré devant l'immense tableau que Pablo Picasso venait de terminer à la suite au bombardement de Guernica par le trio des fascistes ; Hitler, Mussolini et Franco. J'ai frissonné en voyant pour la première fois l'éclairage de la tour Eiffel à l'ouverture de l'Exposition… C'était tellement excitant…

Notre vie quotidienne a repris son cours, chacun dans sa spécialité : Aimée de retour en faculté, Adrien à Montparnasse à l'École supérieure d'architecture et moi, rue des Saint-Pères, à l'École des Ponts et Chaussées.

En bons Bretons, nous nous retrouvions au café de Rennes pour discuter de nos « découvertes réciproques » et il se trouvait que nos deux spécialités se complétaient. Nous parlions style, béton, métal et nous étions tellement emballés que nous ne voyions pas les filles qui nous entouraient et qui nous avaient repérés depuis que nous fréquentions ce café. Il faut dire aussi que le cœur de mon ami était attaché à celui d'Aimée et que le mien était habité par une belle châtaigne et notre bébé.

Annie la blonde avait jeté son dévolu sur le beau Malouin et Françoise la brune me regardait avec malice. Elles étaient jolies et nous les avons invitées à notre table pour leur expliquer que nos cœurs étaient gonflés d'amour à bloc et pas disponibles pour leurs charmants minois. Elles ont adoré notre franchise et ce sont les premières amies de bistrot que nous avons eues à Paris.

Elles aussi étaient étudiantes, Annie pour devenir enseignante et Françoise étudiait les Lettres à la Sorbonne.

Moi, je n'étais pas prêt à entamer une relation avec une autre femme. Et c'est Françoise qui m'a aidé à comprendre que Châtaigne était et restera mon plus bel amour, mais que cela ne devait pas m'empêcher de reprendre le cours de ma vie. « Un clou ne chasse jamais l'autre, mais les tranches d'amour les unes sur les autres feront de toi un homme complet. » Disait-elle… Je ne savais pas ce que voulait dire un homme complet, mais en une nuit, elle m'a aidé à sauter le pas. Je n'ai pas ressenti la même impression incroyablement sensuelle que j'avais vécue avec Châtaigne, mais je crois que pendant cette nuit de passage, mon bel amour a fait celui qui n'avait rien vu, rien entendu et rien dit. J'ai interprété cette discrétion dans mon cœur comme un message d'approbation et je l'ai aimée davantage pour sa bonté.

Quant à Lancelot, aucune femme, aussi belle soit-elle, n'ébranla son amour pour la Reine des graines. Les tentatives d'approche d'Annie l'amusaient et il la recadrait régulièrement par un « Bien essayé, mais cherche quelqu'un d'autre. »

Aux premiers beaux jours du printemps 1939, pour le week-end de Pâques, nous avons organisé une fête à la maison. Annie et Françoise faisaient partie de nos invités et elles rencontrèrent pour la première fois Aimée, Marc et Louis.

Le choc d'Annie, quand elle a vu Aimée avec Adrien, nous a d'abord surpris. Quand elle a commencé à boire plus que de raison, nous avons ressenti de la gêne. Puis, plus tard, son animosité contre Aimée s'est clairement exprimée par des insanités sur les handicapés. D'après elle, il fallait les enfermer comme le disait Hitler. Là, nous avons eu le souffle coupé. Même son amie Françoise était sidérée par tant de violence et de haine à notre égard. Après avoir fait voler tout ce qu'il y avait sur la table, elle est partie en claquant la porte.

Atterrés, nous n'avons pas eu l'idée de lui courir après. Ce qui est surprenant dans l'affaire, c'est que nous ne l'avons jamais revue.

— Comment ça jamais revue ? Même pas Françoise son amie ?

— Non, jamais !

— Personne ne disparaît comme cela, vous l'avez cherchée, prévenu la police ?

— Oui, et nous sommes allés voir ses parents, et à l'École de l'éducation nationale, ses lieux habituels… Jamais revue.

— Et Françoise, qu'est-elle devenue ?

— Nous sommes restés amis avec elle jusqu'à la fin de la guerre. Elle a été exécutée par les Allemands en tant que résistante.

En 1939 le monde était en ébullition. Les gens tremblaient, d'autres ne croyaient pas à la guerre, la période était déstabilisante pour l'Europe et, nous, nous étions à Paris et finissions nos études. C'est alors que Louis et Marc nous firent part de leur projet de quitter la France pour aller aux

États-Unis. Louis avait trouvé un poste aux usines *Ford* à Detroit et ce monde de haine n'était pas bon pour un couple d'homosexuels. Leur décision soudaine nous a pris de court, mais, très rapidement, nous avons décidé de les accompagner. Moi, j'avais toujours rêvé de construire des ponts et jamais d'aller servir de chair à canon comme mon père. Comment mon Ombre allait-elle vivre dans une guerre ? Nous sommes tous tombés d'accord, nous partirons en Amérique.

Fin juillet, monsieur Nedelec venait nous chercher à Paris pour nous ramener en Bretagne et préparer notre traversée pour les États-Unis.

Sur les quais du Havre, nous nous sommes retrouvés tous les cinq pour embarquer sur le *Normandie* qui devait effectuer son dernier voyage. Il régnait dans la ville une ambiance lourde. Énervements, peur, angoisses, questionnements ? Le bateau allait-il partir ? À l'embarquement, certains passagers sans billet voulaient faire la traversée mais il n'y avait plus aucune place. Nous avions trouvé difficilement des billets en seconde classe. Puis nous sommes partis. Allait-on arriver à New York ? La traversée devait se faire dans la discrétion, parfois les lumières s'éteignaient, l'ambiance n'était pas à la fête et nous sentions bien l'arrivée du cataclysme qui allait déferler sur l'Europe.

Nous étions quatre hommes pour protéger notre Reine des graines qui prenait le bateau pour la première fois. Fille de marin-pêcheur et accompagnée d'un fiancé issu d'une longue lignée de marins et de corsaires, Aimée n'a pas paniqué. Certes, elle n'est pratiquement pas venue sur le pont, mais elle n'était pas non plus en apnée comme à chaque changement précédemment. Je me suis demandé si la présence d'Adrien y était pour quelque chose ou si elle commençait à s'habituer aux grandes expéditions. À vrai dire, elle n'est venue sur le pont qu'au moment de l'arrivée du *Normandie* à New York. Le bateau était attendu sur les quais par toute une population qui nous accueillit dans une liesse générale et qui gagna très vite les passagers et le personnel du paquebot. À croire que nous avions gagné une formidable bataille ! En fait, Corentin, cette traversée épique sera la dernière pour le *Normandie*, il ne reviendra jamais longer les côtes de la Normandie. La France avait déclaré la guerre à l'Allemagne et nous, nous étions sur le sol de l'Amérique. Étions-nous des lâches ? Pour certains oui, pour d'autres non. Nous sommes descendus directement sur Quai 38, sans passer par le parcours obligatoire des migrants. L'ambassade américaine à Paris nous avait délivrés, grâce à Louis qui était embauché chez Ford, une autorisation de séjour sur le sol américain pendant trois ans. Ce document avait évité à notre reine le passage à *Ellis Island*, avec sa foule, ses visites médicales obligatoires ; avec les règles sur l'émigration, elle aurait été refoulée à cause de sa différence.

Avant de partir à Detroit, nous sommes restés à New York afin de visiter la ville.

Nous avons trouvé un charmant hôtel. *L'Hôtel Wolcott,* 4 west 31 st Street, à l'ombre de l'Empire State Building, en plein centre de New York.

Nous savions que ce pays était immense, mais là, de visu, c'était incroyablement démesuré. Nous étions sidérés chacun à sa manière. Louis par les voitures et la circulation. Adrien par ces constructions gigantesques. Marc par les lumières de Broadway et la population.

Vous vous doutez bien Corentin, que moi, c'était les ponts. Ceux de Manhattan, de Brooklyn et en particulier celui du Bronx, le Whitestone Bridge, qui relie le Bronx au Queens. Figurez-vous, mon ami, que j'ai assisté à son inauguration.

Seule, mon Ombre restait stoïque devant tous ces paysages. Nous sommes montés à l'intérieur de Miss Liberty et, sur la terrasse de sa couronne, alors que nous étions époustouflés par ce paysage à 360°, pour notre plus grande surprise, trois mouettes se sont posées à côté de nous.

— Elles ont traversé l'océan ?

— Ça, c'est normal pour des oiseaux de traverser des océans mais de nous retrouver là où nous sommes, c'est inexplicable. Je ne sais toujours pas ce que j'ai pu crier le jour de ma naissance pour qu'elles ne me lâchent pas, moi et tous les gens bienveillants qui m'entourent.

— Votre Sainte-Trinité comme vous le disiez, petit, à l'Église.

— Il y a de ça, oui. Si vous le voulez bien, nous allons nous arrêter là.

— Oh oui, bien sûr, décidément, je ne vois pas le temps passer. »

— À la semaine prochaine.

Cette façon que Rohan à de stopper nos entretiens me surprend toujours, à chaque fois qu'il fait ça, j'ai le sentiment d'être limogé. C'est assez désagréable pour moi.

Je n'ai pas mis longtemps à rejoindre Justine. Le froid est mordant et le vent toujours intrusif. Je suis seul dehors ; la ville est comme vidée de ses habitants. Même les mouettes ne m'ont pas raccompagné, c'est pour dire.

La table de la cuisine est transformée en établi de Noël. Rouleaux de papier plus ou moins clinquants, scotch, ciseaux, rubans de couleurs, boules de Noël, guirlandes et autre arsenal pour fêtes de fin d'année.

— Tout ça ? Mais c'est pour qui ces paquets ? Tu as dévalisé les magasins de Quimper ?

— Je te rappelle que nous avons trois enfants, qui ont chacun des mômes. Comme d'habitude, nous serons huit adultes et cinq nains de jardin.

— On est obligé de faire des cadeaux à tout le monde ? Moi, je ne veux rien…

— Trop tard, par contre, moi je veux bien un cadeau de la part de mon époux. La liste est affichée sur le pense-bête.

— Ah ! C'est quand Noël ?

— Comme d'habitude, le 25 décembre, le matin au réveil. C'est-à-dire très tôt.

— C'est malin, c'est ta spécialité de répondre à côté de ma question, finalement tu es comme Rohan de Coatarmanac'h.

— Alors, raconte.

— Ils étaient à bord du *Normandie* pour son dernier voyage... Ils se sont embarqués pour l'Amérique tous les cinq pour éviter la guerre...

— J'aurais fait la même chose avec toute ma famille. S'il y a une nouvelle guerre mondiale, nous partirons tous à l'étranger... Combien de morts cette fois-ci ?

— Deux, enfin, la sœur d'Aimée qui est devenue folle en voyant sa sœur zinzin affectionnée par tout le monde. Elle a voulu la tuer et c'est elle qui est morte d'une crise d'asthme après être rentrée chez elle. Et puis, Annie, une étudiante qui, elle aussi est devenue incontrôlable et a disparu.

— Tu as peut-être raison finalement, il se passe des choses étranges mais sans preuve et sans aveu, ça reste des suppositions. En même temps, j'y pense, à l'école primaire, on nous apprenait l'histoire de France à travers les guerres et les génocides. Il fait peut-être pareil. Imagine le couple maudit qui décime des centaines de gens au cours de leur vie…

— Ça va j'ai compris, j'aurais dû devenir auteur de polars au lieu de biographe. Tu crois que ça me manque de ne plus juger ?

— Prends simplement du recul par rapport à tes clients. Tu es censé écrire leur vie, pas porter de jugement sur ce qu'ils te racontent.

— D'accord, au fait ils arrivent quand nos adorables « chouette/ouf ? »

— Pour l'instant, c'est « chouette » !

9ᵉ enregistrement : les Indiens

Épuisantes ces fêtes de fin d'année j'ai l'impression de vieillir plus vite que mes petits enfants ne grandissent. C'est terrible ça ! Et puis le moment du « ouf » est arrivé et Justine et moi avons retrouvé nos habitudes.

Et les Coatarmanac'h, comment ont-ils passé les fêtes ? Seuls, je suppose ? En tout cas, j'ai relativisé les choses concernant les morts de leur entourage. Justine a raison ! Elle a souvent raison du reste, heureusement qu'elle me ramène à la réalité, j'ai une tendance à énormiser les événements... Énormiser ? Ça existe ce verbe ? Je vais dire que oui.

La marée est basse, je vais passer par la corniche ; ça glisse un peu mais j'ai besoin de respirer l'iode, je crois bien que je couve quelque chose de désagréable.

Tiens, où sont les mouettes, je ne les ai pas vues ce matin ? Hier non plus ! J'espère qu'il n'y a rien de grave. Instinctivement, mon pas s'accélère et j'arrive à la hauteur de la propriété.

Les marches qui mènent au parc sont plus hautes que d'habitude ; les grandes marées de ces derniers jours ont embarqué leur quota de sable. Allez oh ! hisse !

Ah, voilà les volatiles, ils sont sur le balcon au-dessus de la véranda… Les mouettes ne sont pas seules, quelqu'un est installé en position du lotus… enfin, une chose comme cela. C'est une silhouette de femme, c'est peut-être la Reine des graines ? Non, elle semble trop jeune. En plus, il fait un froid de pouilleux et elle est en débardeur. Brrr !

Le cachotier de Rohan, il n'est pas si seul qu'il ne l'a dit, il reçoit chez lui… C'est plutôt bien pour eux.

Je contourne le château pour retrouver Rohan de Coatarmanac'h sur le perron de la porte principale. Il est souriant.

— Le temps m'a paru bien long, voilà trois semaines sans se voir, et vous m'avez manqué Corentin, je dois vous l'avouer. Vous avez passé de bonnes fêtes avec votre famille ?

— Très chaleureuses, très bruyantes, très généreuses et épuisantes. J'ai vu sur le balcon de la véranda que vous aviez une invitée ?

— Non, c'est ma sœur qui fait sa méditation journalière, mais, avant de commencer, elle nous a préparé notre petit en-cas, entrez, je vous prie.

Le changement de température entre l'extérieur et la cuisine favorise une quinte de toux, quelques éternuements et annonce une maladie hivernale.

— Fatigue et relâchement de vos défenses naturelles, ça ne pardonne pas ! Vous pensez pouvoir faire séance de travail ou voulez-vous que l'on se revoie la semaine prochaine ?

— Non, je ne suis pas dans le brouillard, nous pouvons continuer.

— Alors, je vais vous faire une tisane avec du thym, du citron, du miel et du gingembre. C'est bon pour ce que vous avez et le pain d'épices d'Aimée fera le reste.

La cérémonie de la tisane terminée, Rohan reprend son récit là où il l'avait interrompu.

Nous étions à New York, et il était temps pour nous de rejoindre Detroit. Nos places avaient été réservées par l'administration de Ford qui accrochait régulièrement un wagon pour passagers à ses trains de convoyage de voitures. Évidemment, nous avons mis plus d'une journée pour arriver à destination et, plus précisément, à la *pension Larson* qui mettait à notre disposition trois chambres. Chacune d'entre elles était aménagée avec deux lits et un cabinet de toilette. L'une pour Aimée et les garçons répartis dans les deux autres.

Louis dès le lendemain s'est présenté devant le chef du personnel de l'usine. Nous, le temps de prendre nos marques nous avons compris que les Larson, d'origine suédoise probablement, n'aimaient pas les Français, les nobles, les homosexuels, les handicapés et en grattant bien, les arrière-petits-fils de pirates.

Nous cherchions tous ce que nous allions faire, il nous fallait gagner notre vie. Adrien contacta un cabinet d'architecture, car l'idée de construire des « gratte-ciel » ne le quittait plus depuis notre séjour à New York. Marc n'était pas très chaud pour retourner en cabaret, peut-être était-il temps pour lui d'évoluer. Moi, j'avais envie de battre la campagne pour trouver des ponts ; lors de notre voyage en train, j'avais repéré de drôles de constructions au-dessus des rivières mais je laissais l'idée faire son chemin. Quant à Aimée, elle avait besoin de se rééquilibrer après les nombreux déplacements depuis notre départ de Paris.

Grâce à Louis qui nous avait dégotté un break familial Ford, nous avons commencé à visiter la région pour trouver un chez-nous à louer. Nous avions visité bon nombre de maisons, plus ou moins belles, plus ou moins grandes et plus ou moins chères sans vraiment nous décider.

C'est au nord de Detroit, le long du lac Saint Clair qu'Aimée s'est agitée devant une maison. Seule, face au lac, entourée d'une clairière qui semblait s'épaissir au loin, elle était fermée, apparemment ni à louer, ni à vendre. Une belle construction en bois sur un étage et une sous-pente. Nous avons fait le tour de la bâtisse, qui semblait bien entretenue. Nous nous sommes dirigés vers la clairière et sommes entrés dans un bois qui nous apparaissait étrangement sauvage, enfin, à l'état naturel.

Aimée était chez elle, je le voyais bien; c'était ici et pas ailleurs.

« Il nous faut faire des recherches sur cette maison, dis-je, c'est là qu'Aimée veut habiter. »

De retour à la voiture, un homme en costume cravate, appuyé sur le capot semblait nous attendre.

« Hey, vous cherchez une maison à c'que j'vois. Dik Barns, à votre service. »

Son accent était incompréhensible pour nous. Nous avons juste intégré qu'elle était à louer et pas cher. Comme par magie, il a sorti les clés de la maison pour nous la faire visiter. Rapidement, les volets et les fenêtres furent ouverts, et la lumière d'automne entra en force dans la maison et lui donna vie. Les pièces étaient déjà meublées et ces meubles étaient recouverts de draps. Marc grimaça sur la décoration et les couleurs un peu vieillottes. Adrien l'architecte vérifia la construction, les murs, les boiseries, les canalisations et la chaudière. Moi, je regardais Aimée qui ne décollait pas de la fenêtre du bureau et fixait la clairière sans bouger.

« C'est exactement ce qu'il nous faut, mais c'est quoi le lézard demande Louis dans un anglais d'Oxford.

— C'est une vieille histoire, reprend le gars de l'agence, il paraît que cette maison a été construite sur un cimetière indien. Pourtant quand on a creusé pour faire les fondations, nous n'avons pas trouvé d'ossements. Toujours est-il que les gens ne restent pas dans cette maison parce qu'il y a des manifestations inquiétantes.

— Vous voulez dire qu'elle est hantée par les esprits des Indiens ?

— Oui, c'est ce que racontent les différents habitants de cette maison. Ils ont peur et s'en vont rapidement. C'est pour cela qu'elle est louée si peu cher. Vous voulez tenter le coup ?

Nos trois regards se sont tournés vers Aimée qui nous avait rejoints et elle venait de décider pour nous.

— Préparez le dossier de location, nous viendrons samedi avec un ami. Il voudra visiter les lieux et nous signerons après. »

Le jour de la signature, les trois mouettes étaient sur le toit de la maison et nous avons pris cela pour un bon signe. Sans tambour ni chant de guerre ou de mort, nous nous sommes mis au travail pour éclaircir la maison et tout peindre en blanc. Finalement, les meubles devenaient plus attrayants. Aimée avait jeté son dévolu sur le bureau qui disposait d'une machine à écrire un peu plus récente que celle de mon père. La grande fenêtre donnait sur la forêt, derrière la maison et elle se tenait debout regardant intensément les arbres ou quelque chose d'autre.

En fait, elle attendait quelqu'un. Un vieil Indien qui, depuis quelques jours se tenait là à nous regarder investir les lieux. Jusque-là, aucune manifestation étrange n'était venue troubler notre vie quotidienne mais Adrien et moi étions attentifs à cette apparition. Puis, Aimée est sortie, accompagnée des trois mouettes. Elle avait un sac en toile qu'elle offrit à l'Indien qui l'accepta. Il lui a parlé, il a fait des gestes que je ne comprenais pas mais qui ne semblaient pas agressifs.

Aimée est revenue vers nous, mais je n'ai jamais su ce que son sac contenait, je n'ai jamais su ce que le vieil homme lui avait dit. C'est là que j'ai compris que ce n'était pas ma sœur qui avait décidé de venir dans cette maison, mais la maison qui l'avait choisie.

Puis, le cliquetis de la machine à écrire a commencé à résonner dans la maison. Mon Ombre s'était mise au travail et continuait son « Capitulaire d'Aimée de Coatarmanac'h » et chaque jour, l'Indien venait la voir.

Ce que je peux vous dire, Corentin, c'est que ce vieil homme était un chaman de la tribu des Miamas, qu'il a reconnu la Reine des graines comme une sœur et que, pendant tout notre séjour, il a transmis à Aimée les secrets de sa médecine. Rassuré par la relation de confiance entre ma sœur et le chaman, Adrien a trouvé un poste dans un cabinet d'architecte à Detroit et participait à la construction de « gratte-ciel ».

Lorsqu'Aimée est allée pour la première fois au fin fond de la forêt, dans la maison en bois d'Isha le chaman, Marc a tenu à l'accompagner. Il a fait la connaissance de Tawana, l'épouse d'Isha, cette femme était une grande artiste. Poterie, tissage, peinture, sculpture et entre autres, deux arbres cassés qu'elle avait travaillés en totem d'ours et de loup… Notre artiste de cabaret a reçu un choc devant les œuvres de cette femme et a commencé sa carrière de peintre sur les murs blancs de notre maison. Bon, au début, nous avions du mal à le prendre au sérieux parce que… enfin, il débutait n'est-ce pas ! Cependant, certains matins, nous avions l'impression que les œuvres étaient plus acceptables ou plus vives, ou plus abouties. L'idée que si manifestation divine il y avait, c'était dans la peinture de mon frère.

Quant à moi, puisque Marc restait auprès de notre récipiendaire chamane, je me suis intéressé aux passages et ponts des rivières. J'avais très envie de faire un livre documentaire. Il me fallait un appareil photographique léger et j'ai trouvé un Canon Hansa, le deuxième de cette nouvelle marque venue du Japon. Il était dans mon budget, contrairement au Leica, le top du top de la photographie. Je me suis retrouvé au cadastre pour acheter des cartes topographiques de la région, et, lorsque j'ai parlé de mon projet au responsable du service, il m'a proposé un job. Puisque je suis ingénieur des ponts, il me paie et prend en charge mes frais pour lui fournir un rapport exact et complet sur chaque pont ; son nom, sa position, détails de sa construction et plus si possible.

Sans le chercher, je venais de trouver un travail qui m'a passionné. J'ai dû recenser dans le Michigan, l'Illinois et l'Indiana quelque deux cent cinquante ponts et passages de rivières extraordinaires.

— Et vous avez fait votre livre ?

— Oui, je vous le montrerai ; c'était le premier d'une longue série ! Bon, je reviens sur l'histoire. Trois mois après notre aménagement dans la maison de Saint Claire, alors que je rentrais d'un reportage, Dik Barns, l'agent immobilier se plaçait dernière ma voiture et dit venir prendre de nos nouvelles. Manifestement, il souhaitait entrer dans la maison et je l'y invite.

« Tout va bien ici ? demande-t-il en observant la déco. Ce sont les morts qui s'expriment sur les murs ? Ça ressemble à de l'art de sauvage !

— Moi, c'est l'artiste, le sauvage c'est lui, reprend Marc en désignant un encadrement de porte vide. »

C'est Aimée qui se présenta à la porte. Elle portait un châle indien sur les épaules ; un cadeau de Tawana. La scène déclencha un fou rire mais je crus déceler chez Dik Barns un léger rictus qui traduisait une sorte d'aversion.

« Je voulais savoir si vous êtes dérangés par les esprits de la maison... enfin voilà quoi !

Il ne semblait être très à l'aise.

— Oui, il y a bien quelques manifestations en effet, dis-je très vite pour éviter les bourdes, quelquefois dans la nuit nous entendons résoner des tambours. Il y a bien des choses qui changent de place… il nous arrive aussi de sentir une présence mais nous acceptons tout ça et, apparemment, nous bénéficions d'un pacte de respect mutuel entre les esprits et nous.

— Je vous demande ça parce que si les esprits vous foutent la paix, le propriétaire voudra augmenter le loyer.

— Méfiez-vous Dik, les esprits peuvent être susceptibles et sortir de leur tombe et de leur territoire, reprend Marc en poussant fermement l'agent immobilier vers la porte et si les Indiens sortent de leur tombe, ça pourrait faire des dégâts dans le coin. »

Quelques jours après, lors d'un de mes déplacements, j'ai repéré deux voitures qui semblaient me suivre dont celle de Dik Barns. Lorsque j'ai tourné à droite sur le chemin qui devait me conduire à un pont, ils m'ont suivi. Je me suis arrêté, eux aussi. Je suis resté dans ma voiture, pas eux… Deux mecs sont venus me tirer de mon véhicule, et m'ont tabassé violemment. Le message était clair, nous devions quitter la région sans rien dire sinon, ils nous tueraient, « saleté d'étrangers ».

J'étais salement amoché et je suis resté sans connaissance pendant un certain temps. C'est un fermier qui passait par le pont, m'a trouvé et, grâce à mes papiers, m'a ramené à Saint-Claire avec le break.

C'est dans mon lit que je me suis réveillé, reconnaissant vaguement Isha et Aimée au-dessus de moi en train de me soigner. J'étais dans une douce torpeur, je n'avais pas mal, malgré les rudes manipulations que pratiquaient les soigneurs sur mon corps. Ils m'ont maintenu dans un état de sommeil pendant trois jours, sous la haute vigilance des trois mouettes, le temps de laisser les lésions et contusions se résorber.

Je ne sais pas vraiment comment mes sauveurs m'ont guéri, mais j'étais debout deux semaines après mon agression.

J'ai fait venir la police de Waren, la grande ville la plus proche de chez nous pour porter plainte, mais mon cas ne les concernait pas.

« Les gens d'ici, ils n'aiment pas beaucoup les étrangers, alors ils sont peut-être énervés, faut pas leur en vouloir, ils sont un peu primaires.

— Ils m'ont tabassé et laissé pour mort! Je dois ma vie à ce fermier qui m'a ramené ici. Et c'est quoi ces histoires d'étrangers? Nous sommes toujours des étrangers pour quelqu'un, regardez-vous, vous êtes les étrangers des Indiens? »

Ma colère n'était pas une bonne idée. Au bout de quelques jours, nous avons été ostracisés par la population de la petite ville à côté de chez nous.

Des étrangers français, qui fuyaient leur pays en guerre, des homosexuels, une idiote et tout ce petit monde qui fricotaient avec des Indiens… c'en était trop pour leur niveau de compréhension. Toutes nos courses se firent dorénavant à Detroit.

Deux mois après la visite de Dik Barns à la maison, il eut un très grave accident de la route. Sur le chemin qui le conduisait à l'hôpital de Waren, il hurlait : « Les Indiens, ce sont les Indiens ».

Trois mois plus tard, l'agent immobilier revint nous voir. Il avait une jambe amputée et de vilaines cicatrices qui le défiguraient. Nous l'avons invité à prendre une boisson chaude.

Une grande colère habitait cet homme qui tentait de faire bonne figure, mais il ne trompait personne.

« Je viens vous voir, dit-il en me regardant de côté, pour la raclée que l'on vous a mise. Dieu nous a punis mes amis et moi. Et si moi je m'en suis sorti, mes amis non. L'un est mort de frayeur et l'autre est devenu fou. Tout ça à cause de vous.

— Pardon ?

— Vous avez pactisé avec les Indiens et vous les avez lancés devant nous pour faire chuter la voiture dans la ravine.

Nous étions tellement interloqués par ces accusations que nous sommes restés sans réponse. Le silence qui suivit donnait plus de solennité à l'arrivée d'Aimée avec un plateau chargé de tasses et d'une théière fumante.

— Écoutez Dik, nous n'avons aucun pouvoir de lever une armée d'Indiens pour vous faire peur.

— Ah oui dit-il méchamment en me coupant la parole, alors pourquoi n'y a-t-il aucune manifestation paranormale dans cette maison ?

— Probablement parce qu'il n'y a pas d'esprits maléfiques ou parce que nous n'avons jamais fait la guerre aux Indiens… je n'en sais rien, Dik, mais il me semble que votre raisonnement est tiré par les cheveux.

— Vous me le paierez un jour, je vous le jure, vous tous qui êtes là, vous me le paierez ».

Il a bu son thé d'un trait et il est parti dans une colère incroyable.

— Et alors, il s'est vengé ?

— Il n'a pas eu le temps, il est mort d'accident le soir même de sa visite. D'après le journal du lendemain, il était devenu incontrôlable et voyait des Indiens partout. Il s'est jeté contre un camion qui passait sur la route devant chez lui.

À son enterrement, nous avons croisé le propriétaire de la maison qui nous a fait une proposition de vente si alléchante que Louis a accepté de l'acheter. Son contrat avec Ford devait durer cinq ans. En fait, Marc et Louis sont restés en Amérique plus de trente ans.

— Et vous, quand est-ce que vous êtes rentré en France ?

— Plusieurs mois après l'accident de Dik. Aimée s'était lancée dans un travail ardu. Elle passait ses journées à taper son «Capitulaire» et travailler avec Isha. Ils allaient dans la forêt ramasser des plantes, des racines, des champignons et des drôles de bestioles. Ils mélangeaient, écrasaient, chauffaient, filtraient, séchaient, et tout cela en silence.

Le travail de Marc se structurait et s'embellissait. Toute sa peinture se déclinait avec des pigments naturels et préparés sous la houlette de Tawana. Ce n'était pas de la peinture figurative mais il réussissait à créer des harmonies et des vibrations colorées qui attiraient le regard et éveillaient les émotions. La première critique qu'il reçut lors de sa première exposition parlait de «choc culturel entre l'art primaire et l'art contemporain».

Adrien était passionné par son travail mais tout le temps qu'il passait à la maison était consacré à son amoureuse. Il relisait ses fiches, l'interrogeait sans attendre de réponse. Il dessinait de hautes tours et Aimée y accrochait des arbres et faisait monter des plantes ce qui charmait encore plus Adrien. Son amour pour elle était un plaisir pour nous tous.

Moi, je continuais mon travail de recensement des ponts et passages avec une grande joie. Je n'étais pas seul, vous vous en doutez. Les trois mouettes ne me lâchaient plus comme pour me protéger, et mon adorable Châtaigne vivait mes longues promenades dans la nature. Cependant, je trouvais que ses temps de sommeil étaient de plus en plus longs.

À la fin du mois de mai 1940, un phénomène étrange s'est passé. Isha et Tawana ne venaient plus nous voir, alors, très inquiets, nous sommes partis dans la forêt pour leur rendre visite. Il n'y avait rien. Aucune trace de leur maison ou de vie. Seuls l'ours et le loup recouvert de lierre nous signalaient la trace de Tawana.

— Vous me faites marcher Rohan, c'est une blague.

— Absolument pas, je vous l'assure.

— Mais, ce n'est pas possible ça ? Vous avez cherché à comprendre, à vous informer sur le lieu où l'existence de couple d'Indiens.

— Nous avons retrouvé les archives du journal local de l'époque qui annonçait l'incendie de la maison dans la forêt en 1905, et la mort du couple qui y habitait. C'est tout.

— C'est tout ?

— Oui, c'est tout. Corentin. Il y a autour de nous des phénomènes étranges, vous le savez maintenant, j'aime bien l'idée que certains n'aient pas de réponse. Et puis, j'ai appris à ne pas me poser de questions quand je ne peux pas obtenir de réponse. C'est, pour moi, laisser une part de mystère et de poésie dans un monde si rationnel… Et non, Corentin, je ne peux pas expliquer la présence des mouettes autour de moi depuis ma naissance. Non je ne peux pas expliquer l'étrange expérience avec les Indiens, c'est comme cela et c'est juste énigmatique.

Nous avons continué notre vie bien organisée tout en gardant un œil et une oreille sur les événements en France. Il faut dire aussi que ma bonne Léo et monsieur Nedelec nous écrivaient régulièrement pour nous parler de la vie à Loctudy, de nos connaissances et de la famille.

Les nouvelles de la guerre en Europe étaient étranges. La France et l'Angleterre avaient déclaré la guerre à l'Allemagne, les hommes avaient été mobilisés mais sans vraiment livrer bataille. Ils parlaient de « la drôle de guerre ». Nous nous sommes inquiétés, lorsque l'armée nazie a envahi l'Europe de l'Ouest. La France et l'Angleterre, qui avaient négligé les informations d'une attaque imminente parvenues par des d'agents de renseignements n'avaient préparé aucune riposte. Comment était-ce possible ? Les Allemands étaient là et personne n'avait bougé. Le 17 juin 1940, le maréchal Pétain annonçait qu'il fallait cesser le combat et demander à l'ennemi la signature d'un armistice.

Dès le lendemain, le général de Gaulle répliquait qu'il fallait continuer la guerre et utiliser tous les moyens pour pourrir la vie des envahisseurs. Nous avons entendu son appel à la résistance et, là, nous nous sommes dit qu'il fallait y aller. Nous, c'est-à-dire, Adrien et moi et il fallait en parler à la Reine des graines.

— Et comment avez-vous rejoint la France ?

— C'est encore une nouvelle aventure ce retour en patrie, et si vous voulez bien, nous reprendrons le récit la prochaine fois.

Je crois qu'Aimée vous a préparé une petite corbeille pour vous et votre épouse. Une tisane de sa composition contre les rhumes et autres désagréments de saison, des chocolats, des huiles essentielles et une crème de jour. Vous transmettrez mes vœux de bonne année à votre famille, Corentin. À bientôt.

De retour à la maison, dans la chaleur de notre foyer, je retrouve ma femme, en plein travail pour son prochain spectacle. Elle me regarde, ses lunettes sur le bout du nez et son sourire ravivent une fois de plus la joie de vivre avec elle. Je ressens tellement d'amour pour elle...

— Oh, oh, je connais bien ce regard, alors, si je devais choisir à nouveau ma vie, je choisirais exactement celle que nous avons vécue et ensemble. C'est quoi ta question ?

— Tu n'as jamais eu envie d'aller vivre ailleurs ?

— Tu veux dire à Pont-l'Abbé, à Quimper ou à Douarnenez ?

— Non, dans des départements d'outre-mer, ou même dans un pays étranger ?

— Ah oui, c'est vrai que les Coatarmanac'h sont allés en Amérique !

— Oui, à Detroit.

— Ah, ce n'est pas la plus belle région des États-Unis. J'aurais préféré la côte ouest, San Francisco ou la Colombie-Britannique au Canada… et le Montana, tu te souviens comme nous avons aimé cette région ?

— Mais tu aurais aimé y vivre une ou deux années ?

— Non ! Allez raconte-moi, combien de morts ?

— Une tribu indienne, un chaman et sa femme, et un agent immobilier. Et tu n'as qu'une seule question.

— Parle-moi alors de l'agent immobilier ?

— Il a vu une tribu d'Indiens morts arriver sur lui en hurlant et est tombé dans un ravin…

— Ah, c'est un accident alors…

— Pour son premier accident les Indiens seraient arrivés sur lui et l'auraient obligé à aller vers un ravin. C'est au deuxième que les Indiens ont eu sa peau. Il a eu des hallucinations, il a pris peur, est sorti de chez lui comme un fou sur sa jambe valide et, paf, il a percuté un camion.

— C'est n'importe quoi ton histoire.

— Oui, mais d'après Rohan, c'est vrai… Alors comme tu me le rappelles, si souvent, c'est son histoire !

10ᵉ enregistrement : la Résistance

— Je vais faire la guerre avec Rohan, aujourd'hui, si je ne suis pas revenu dans deux heures...

— D'accord mais n'oublie pas ta veste de quart, et ton bonnet, ça souffle dehors... Ah, tant que j'y pense passe chez Boénnec pour prendre le pain, je n'ai pas envie de sortir par ce temps-là.

— Et si je meurs à la guerre ?
— Pour quoi faire ?
— Ben oui, on se le demande tous.

Les tempêtes d'hiver sont rudes dans notre pays et la mer emprunte souvent les brèches pour s'introduire dans les terres. Il y a des algues à l'entrée du château rose, mais elles n'ont pas pénétré le jardin.

Les trois mouettes s'abritent sur le rebord de la fenêtre de la cuisine ce qui confirme le dicton : « Mouettes à terre, vent en mer ». Encore qu'avec ces trois-là, il faut s'attendre à tout. Bon, comment va la famille de Coatarmanac'h aujourd'hui ?

— Bonjour Corentin, je vous trouve en pleine forme. Les louzous de mon Ombre ont eu un effet bénéfique sur vous à ce que je vois.

— Certainement, en tout cas, si maladie il y avait, elle ne s'est pas développée.

— Bien, bien, elle nous propose une tisane pour nous aider à faire la guerre, car c'est notre histoire du jour.

L'aventure que je vais raconter aujourd'hui est très importante pour moi. Si, au moment de la déclaration de guerre, je ne souhaitais pas y participer, c'était pour ne pas servir de chair à canon tout comme mon père en son temps. Mais là, il s'agissait de participer à une autre guerre, un appel à la conscience humaine, à résistance. C'était la première fois et la seule de ma vie ou je décidais de faire quelque chose pour la nation, pour l'humanité, pour l'intérêt général. Il faut dire que j'avais à côté de moi, un ami, le seul vrai copain que j'ai eu de toute mon existence. Et puis je peux le dire aujourd'hui, pour se souvenir de cette organisation extraordinaire de ces missions clandestines et l'ultime bataille au moment du débarquement.

C'est à la fin de l'été 1940 que nous décidons de rejoindre le général de Gaulle, à Londres. La bataille de l'Atlantique fait rage et les liaisons entre l'Amérique du Nord et l'Europe sont très surveillées. Nous avons pu, malgré tout, embarquer sur un cargo transportant de la marchandise pour l'Angleterre. Ce cargo avait été armé par les Canadiens avec des pièces d'artillerie d'un autre temps, tirées des arsenaux. Pour faire fonctionner ces canons, il y avait à bord des artilleurs retraités, rappelés ou engagés volontaires pour nous défendre en cas d'attaque.

Nous sommes donc partis par le nord du Canada, et nous avons embarqué au port de Cartwright sur ce cargo dont je ne me souviens pas du nom… en avait-il seulement un ? Par contre, c'était un DEMS (Defensively Equiped Merchant Ship). Nous avons bien ri avec Adrien, lui qui descendait d'une grande lignée de corsaires et surtout de pirates, le voilà qu'il renouait avec son passé plusieurs siècles après.

Les dangers pouvaient venir de partout, mais, finalement, nous avons voyagé sans complication et heureusement parce qu'avec ce pauvre armement nous n'aurions eu aucune chance de nous en sortir.

Nous avons eu la bonne idée, avant le départ, de nous équiper pour les grands froids polaires. Bon, nous étions plus esquimaux que marins, mais en longeant le Groenland, nos grosses vestes canadiennes, doublées en peau de loup, nos bottes, moufles et chapkas en peau de phoque retournée nous ont permis de regarder les icebergs et les glaciers droit dans les yeux, enfin derrière nos lunettes aux verres fumés.

C'est comme cela que nous avons rejoint l'Islande, transformée pour ce temps de guerre en plateforme tournante entre les Alliés.

Nous sommes restés à Reykjavik plus de dix jours en attendant un embarquement pour l'Angleterre. Là, nous avons été ébahis par les aurores boréales. Des spectacles grandioses et éblouissants qui ont fasciné Aimée. Nous étions logés chez les habitants et surveillés tous les jours par un gradé de l'armée anglaise qui voulait nous faire partir vers la France. Tous les jours, nous lui expliquions que nous voulions rejoindre le général de Gaulle et les FFL (Forces Françaises Libres).

— Aimée dans tout cela, comment elle se comportait ?

— Vous avez raison, Corentin, de me le demander parce qu'elle a toujours été extraordinaire. Déjà, nous ne faisions les choses que lorsqu'elle était prête. Je lui faisais part de nos projets et c'est elle qui donnait le moment du départ.

— Et si elle ne donnait pas le signal du départ ?

— Nous ne bougions pas. Si elle n'éprouve pas d'émotions, je pense qu'elle a un sixième sens et Adrien et moi, étions les deux piliers de sa vie. D'une certaine manière, elle nous faisait confiance. Parfois, c'est elle qui décidait de ce que nous devions faire, comme notre départ vers Paris après la mort de Châtaigne et du bébé. Ou pour le choix de la maison à Saint Clair. Par exemple, à Reykjavik, elle n'a absolument rien fait. Elle était subjuguée par les lumières du nord.

— Vous avez déjà vu des aurores boréales Corentin ?

— Non jamais !

— Aujourd'hui, c'est un phénomène expliqué par la science, mais je préfère garder la magie des volutes et des couleurs. C'est une féerie ces couleurs qui passent du vert au rose rougissant pour atteindre l'indigo. C'est vraiment un spectacle sublime et si mystérieux. Au reste, les mythes et les légendes vont bon train dans les différents Nord du monde, et ils sont, le plus souvent, liés aux esprits, à la mort et aux prédictions de tous ordres.

En tout cas, Aimée était subjuguée en attendant la suite.

Le militaire chargé des relations avec les émigrés comme nous voyait assez mal le fait qu'elle soit là mais, lorsque nous lui avons montré la lettre d'introduction rédigée et signée par « Edmond Lamarque, Docteur en herboristerie et Professeur à l'université » de Paris, et qu'elle pouvait être très efficace en pharmacopée, il a laissé tomber.

Nous avons eu la chance, pour rejoindre Londres, de prendre l'avion de nuit pour éviter les repérages des ennemis. C'était pour nous une grande première. Aimée, calée entre Adrien et moi, attendait que ça se passe. Je crois que c'est nous qui avions le plus peur. C'est ainsi que nous sommes arrivés dans la banlieue de Londres.

La vie à Londres était incroyable. Les alertes et les bombardements faisaient partie du quotidien. Tout le pays s'éteignait 30 minutes avant le coucher du soleil et se rallumait 30 minutes avant le lever. La vie continuait malgré les bombardements de jour. Il y avait des abris partout, et les bus et les taxis continuaient à circuler. Les voitures particulières pratiquaient du co-voiturage comme on dit aujourd'hui et chacun vaquait à ses occupations.

Le gouvernement versait dix shillings par jour et par personne pour que les Anglais hébergent les étrangers qui débarquaient de toute l'Europe. Et oui, nous étions des émigrés. Nous étions donc logés chez les Cooper, un couple d'une soixantaine d'années qui habitait du côté des docks près du Tower Bridge. Une grande chambre tristounette nous avait été allouée avec deux lits, une table, une chaise, un lavabo et une armoire, qui n'en pouvait plus de porter sa charge depuis bien longtemps.

Je me souviens du froid et d'un appareil de chauffage qui fonctionnait au gaz à condition d'introduire 1 penny toutes les 10 minutes pour que ça marche. Tout avait été pensé pour accueillir les nombreux volontaires français pour combattre les envahisseurs.

Si Adrien et moi voulions nous engager dans les « Forces Françaises Libres », il nous fallait trouver un emploi pour Aimée. Le colonel Morin, à qui nous avons parlé d'elle, a bien fait les choses. Il a organisé une rencontre avec Pauline Le Baz, docteur en Pharmacie, responsable du service recherche pour la Santé militaire. C'est ainsi que nous avons assisté en direct à la naissance d'une amitié entre les deux femmes, qui ne s'arrêtera qu'à la mort de Pauline trente-cinq ans plus tard.

Pauline a pris Aimée en charge chez elle et nous avons pu nous engager « pour la durée de la guerre, plus trois mois », afin de sécuriser les zones libérées, maintenir l'ordre, récupérer hommes femmes et matériels... Entre les F.F.L et la B.C.R.A, nous avons suivi un véritable entraînement militaire et physique. J'en ai bavé parce qu'en dehors du football, je ne faisais aucun sport. Ensuite, vint le maniement des armes à feu, du pistolet à la mitraillette et au fusil d'assaut. Le pire pour moi a été le maniement des armes de poing. Les poignards, des couteaux à cran d'arrêt et donc, les techniques d'attaque avec des mannequins habillés en SS ou en collabos. Le *close-combat* et l'art de tuer silencieusement. Tout était organisé pour nous mettre en état de combat réel et faire de nous des bêtes tueuses. Je pense que si j'avais été en situation réelle, je ne serais plus là pour vous raconter tout ça. Adrien lui se débrouillait bien mieux que moi, mais il avait pratiqué l'escrime et les lames ne lui faisaient pas peur.

J'avoue que la formation qui m'a le plus intéressé, c'est la partie « Arsène Lupin ». Nous sommes devenus des cambrioleurs de génie, les rois des crocheteurs. Ouvrir n'importe quelle porte ou coffre. Rien de ce qui se faisait à l'époque n'avait de secret pour nous. Nous apprenions à nous déguiser pour passer inaperçus. Comment repérer si on est suivi, comment se fondre dans la foule et disparaître. Les erreurs à ne pas faire du style : porter des vêtements ou objets qui trahissent notre séjour en Angleterre, éviter les mots automatiques et spontanés de cette langue du style « sorry » ou « come in ». Les chaussures ne devaient pas être neuves ni porter la taille anglaise.

Nous devions également nous familiariser avec les papiers locaux, les tickets de rationnement. Enfin, tout ce que nous avions le droit de faire et surtout de ne pas faire. Et puis, le métier de faussaire où j'ai excellé. Écrire et lire des messages avec de l'encre sympathique, créer des faux papiers... Ah oui, j'allais oublier « les chiffres et les codes » et les faux messages. Je dois dire que je ne me souviens pas de tout, mais j'ai adoré ce moment et si je n'avais pas décidé de mon avenir, j'aurais été espion. C'est cela, ils nous avaient transformés en James Bond.

— Excusez-moi Rohan, c'est quoi la B.C.R.A ?
— Le Bureau Central de Renseignement et d'Action. C'était le service secret français de la France Libre. Je ne me souviens plus du nom exact

du colonel qui dirigeait ce service, un nom approchant de Darwin. En revanche, je me souviens que son alias était « Passy ».

Puis, nous avons rejoint notre section de sabotage. Bon d'accord, ce ne fut pas aussi simple que je le raconte mais je ne veux pas vous révéler toutes les étapes que nous avons affrontées pour arriver là.

Adrien l'architecte, et moi, l'ingénieur des ponts, étions des personnes intéressantes pour apprendre à fabriquer des explosifs (et aussi en inventer avec ce que nous pourrions trouver sur place) mais surtout pour savoir où les placer pour faire le plus de dégâts possible.

— Oh Rohan ! Vous rêviez de construire des ponts et vous voilà en train d'apprendre à les faire sauter ?

— Mais c'était pour mieux les reconstruire mon enfant. Je plaisante mais je vais vous dire un secret, à chaque fois que je plaçais des explosifs sur un pont, je lui parlais, lui demandais pardon pour ce que j'allais faire et lui promettait que je reviendrais le construire. C'était mon petit côté indien de Saint Clair.

Pour finir de parler de l'espionnage, je mentionnerai la fameuse pastille de cyanure cachée là où on était le plus à même de s'en servir vite en cas de besoin. Celle d'Aimée était cachée dans une barrette à cheveux recouverte d'un nœud de velours vert foncé, la nôtre dans une fausse boutonnière de notre canadienne.

Nous savions que, notre formation terminée, nous allions être parachutés mais nous ne savions ni où, ni quand. En septembre 1943 nous avons été envoyés dans le secteur M3 c'est-à-dire la Bretagne, là où nous étions connus. Cela nous a un peu surpris mais pour nos faux papiers, notre adresse officielle était à Paris dans le 13e.

— Ne me dites pas qu'Aimée a été parachutée en pleine nuit ?

— Si, avec Pauline Le Baz, qui lui a expliqué qu'elle allait l'endormir et qu'elles atterriraient toutes les deux ensemble sur le sol français : « Nous sauterons ensemble et tu sais bien que Rohan, Adrien et moi ne te mettrons jamais en danger. »

C'est ainsi que cela s'est passé, et Aimée était dans les bras d'un Morphée chevronné. Quand elle a repris conscience, nous étions là, avec sa valise, son capitulaire et ses notes. Son monde tournait autour d'elle, elle est restée très calme. De Rosporden où nous avons atterri, une voiture nous a conduits aux abords de Quimper, à environ cinq kilomètres du centre–ville. Munis de vrais faux papiers nous avons atteint le sud-est par Ergué-Armel.

Non seulement nos papiers portaient de faux noms mais, pour notre mission de formation en sabotage, nous avions, pour entrer en contact avec nos supérieurs, des noms spécifiques à notre activité. Les saboteurs portaient des noms d'outils de jardin : Moi, j'étais « arrosoir » et Adrien

« cordeau ». Toutefois, pour nous présenter les uns des autres je m'appelais Martin et Adrien, je vous le donne en mille : Arthur !

— Et les femmes ? Elles avaient quels surnoms ?

— Leurs noms de contact avec les supérieurs étaient « Garrot » et « Seringue ». Et pour les quidams civils ou résistants, c'était « Odette » et « Geneviève ».

— Elles étaient officiellement « résistantes » ?

— Mais oui, Corentin, le rôle que les femmes ont joué dans résistance était considérable. Elles représentaient près de 20 % des contingents : combattantes, agents de liaison, organisatrices, santé. La seule chose que l'on retient en premier, ce sont les femmes rasées pour avoir « fauté », mais je vous assure que si on avait rasé les hommes qui avaient également fauté et trahi leur pays, il y en aurait eu plus que les femmes… J'en étais où ? Ah oui, notre installation à Quimper.

Pour plus de sécurité, Adrien et Pauline ont ouvert la maison de Kerfeunteun et, à leur plus grande surprise, les trois mouettes étaient là. Quelques jours ont suffi pour rendre la maison accueillante et saine. Quant au jardin, en notre absence, les voisins avaient continué à le cultiver pour se nourrir.

Pauline a remis le laboratoire d'Aimée en l'état, il allait servir pour fabriquer des louzous afin de soigner les blessés.

Si Aimée a repris naturellement le chemin de l'herboristerie de monsieur Le Bloas, moi, j'ai dû me forcer pour revoir les parents de Châtaigne. La blessure non cicatrisée, s'était ouverte en même temps que la porte de notre maison.

Ils m'ont appelé « mon fils » lorsque j'ai posé le pied chez eux et m'ont étreint comme, je le suppose, des parents sont censés faire. Je me suis effondré dans leurs bras et j'ai laissé couler à flots toutes les émotions depuis mon enfance jusqu'à la mort de mon bel amour.

« Il ne faut pas t'en vouloir Rohan, tu n'es pas responsable de ce qui est arrivé à Châtaigne, elle a connu le grand bonheur avec toi et elle a eu une belle vie complète. »

— Comment ça une vie complète, Rohan ?

— Parce qu'elle aura été heureuse toute le long de sa courte vie.

— D'où vient cette phrase ? Je ne comprends pas très bien ce que vous voulez dire par « avoir une vie complète ? » elle était si jeune ?

— *Carpe Diem*, Corentin, c'est pour cela qu'il faut vivre pleinement sa vie au jour le jour et faire en sorte que chaque journée qui peut être la dernière soit belle et généreuse… Je continue mon histoire…

Dans le même temps, je devais contacter très vite les responsables du département pour organiser notre mission. Celle-ci a été la plus dangereuse de notre vie. Figurez-vous que la Kommandantur occupait une partie du lycée de la Tour d'Auvergne à Quimper et nous, dans une autre aile du bâtiment, nous donnions des cours de sabotage avec l'aide des professeurs et la complicité du directeur de l'époque.

— Non! Dans un lycée?

— Oui, dans l'amphithéâtre et tout le matériel était sur place dans les salles de science, les profs et d'autres volontaires venaient apprendre à utiliser ce qu'ils avaient à portée de main pour faire sauter tout ce qu'ils devaient saboter.

— Vous n'avez jamais eu d'ennuis avec les Allemands?

— Vous savez, plus c'est gros, plus ça passe. Nous nous déplacions aussi dans les villes du Finistère ou dans les planques des FFI. C'est comme cela que nous avons eu un contact du côté de Comana.

En effet, une patrouille de combattants avait échangé des tirs avec des Allemands, il y avait quelques blessés. On nous demandait de venir donner un cours de sabotage et d'amener des médicaments voire un médecin. C'est ainsi qu'Aimée, Pauline, Adrien et moi avons pris la route des Monts d'Arrée en pleine nuit pour arriver dans une grange abandonnée.

Pauline a commencé à examiner les premiers blessés et Aimée passait de lit en lit pour jauger l'urgence des soins à donner. C'est là que, dans un coin, elle reconnut, à la lueur de la lampe tempête,

Youen, l'un des mauvais garçons qui avaient provoqué la mort de Châtaigne et notre bébé.

D'après Pauline, Aimée est restée un bon moment debout, au-dessus de lui, elle fixait le blessé sans bouger. Un instant, le jeune homme a ouvert les yeux et à la vue de la « zinzin » au-dessus de lui, il s'est mis à hurler : « c'hwil-krug » le diable, le diable, faites-la partir. Il est entré dans une sorte de délire, comme s'il était envoûté. Il se convulsait, bavait, ses yeux roulaient dans leurs orbites, c'était une vraie crise de démence. Célestin, le deuxième mauvais garçon, est arrivé sur place pour tenter de calmer son ami qui délirait mais rien n'y faisait, il est mort dans ses bras.

Attirés par les hurlements, nous sommes sortis de l'endroit où nous préparions des explosifs. Aimée était à l'extérieur et regardait vers le dispensaire de fortune. Adrien et moi nous nous sommes précipités vers elle. Un silence de mort s'est abattu sur la campagne. J'ai à peine vu un homme sortir du bâtiment, un revolver au poing dirigé sur Aimée. J'ai dégainé le mien mais il a été plus rapide et il a fait feu en direction de mon Ombre. Sans hésitation, j'ai appuyé sur la gâchette et il s'est effondré. En me tournant vers mes amis, j'ai vu ma sœur à terre qui tenait Adrien dans ses bras et elle criait comme un cochon qu'on égorge.

Et le temps s'est arrêté.

Adrien avait protégé de sa vie son amoureuse comme il avait promis de le faire. Il était mort pour lui permettre de vivre. Aimé a bercé son compagnon d'avant en arrière pendant plus de deux heures.

Personne ne pouvait les séparer alors, je me suis assis à côté d'eux et j'ai pleuré mon ami avec elle.

— Vous pensez qu'Aimée a vraiment ressenti des émotions à ce moment précis ?

— C'est ce que j'ai voulu croire, enfin, je lui ai peut-être attribué les miennes, allez savoir Corentin ?

Ce qui est certain, c'est que les mouettes sont arrivées. Aimée a lâché son ami et s'est levée. Moi aussi. J'ai allongé le corps d'Adrien, que j'ai recouvert d'une couverture et j'ai ramassé la barrette de mon Ombre qui était tombée par terre dans l'action.

— Mais, c'est terrible ce que vous me racontez là, Rohan, comment se termine l'histoire ?

— Elle s'est terminée là. Quand je me suis approché de l'homme que j'avais tué, j'ai tout de suite reconnu Célestin. Je suis entré dans la grange qui servait d'hôpital et j'ai découvert Youen étendu sur son lit, mort, le visage défiguré par la peur.

Un rapport sur l'affaire a été rédigé par Pauline en ce qui concerne la crise de Youen et le chef du groupe pour le meurtre d'Adrien et ma légitime défense en ce qui concerne Célestin.

— La crise était à due quoi ?

— Septicémie foudroyante. Sa plaie s'était infectée et le choc de voir Aimée au-dessus de lui a accéléré l'empoisonnement.

— L'empoisonnement ?

— Je vais vous livrer le fond de ma pensée, Corentin. Quand nous sommes montés dans les Monts d'Arrée ce soir-là, j'ignorais que les deux saligauds qui avaient provoqué la mort de ma Châtaigne étaient présents dans ce groupe. Mais si je l'avais su, je pense que je me serais débrouillé pour les éliminer d'une façon ou d'une autre. Alors, ce qui s'est passé dans la salle de soins avec Youen, je m'en fous et je n'ai aucun remords d'avoir tué Célestin.

Par contre, je venais de perdre mon ami, mon frère, Adrien et mon Aimée, venait de perdre son chevalier servant. L'homme qui pendant quelques années a voué sa vie à celle qu'il aimait et qui lui a sauvé la vie en se précipitant devant elle pour prendre la balle à sa place.

Ces deux mauvais garçons, par leur ignorance et leur bêtise, ont tué trois des quatre personnes que j'aimais si fort.

Est-ce parce que les parents de Châtaigne m'avaient apaisé le cœur avec leur accueil si chaleureux ? Est-ce que la mort des deux méchants m'avait soulagé de ce chagrin qui m'habitait ? Mais c'est à ce moment-là que ma femme et notre enfant ont libéré mon âme.

— Vous n'est pas allé à Loctudy pour vous reposer un peu ?

— Non, le château avait été réquisitionné par les Allemands et monsieur Nedelec passait de temps en temps à Quimper et nous donnait des nouvelles. Léo se languissait de nous mais nous ne pouvions pas mettre notre identité en danger.

Pauline, Aimé et moi avons continué notre mission jusqu'à son apothéose.

Avant et après le 6 juin 1944, une activité intense a occupé nos esprits. J'étais sollicité partout pour préparer les saboteurs. Des milliers de personnes, surtout des jeunes, rejoignaient les FFI. Le pays devenait encore plus patriote et les activités nocturnes s'enchaînaient les unes et les autres. Dans tout le pays, les Alliés parachutaient des armes, des munitions, des produits de premières nécessité et de soins.

Les filles, avec la Croix Rouge, fabriquaient recentraient et redistribuaient les médicaments là où ils étaient nécessaires. Nous ne nous voyions pratiquement plus mais la maison de Kerfeunteun était notre lieu de repos et nous nous croisions de temps en temps. L'important c'est que tous les soirs il y ait quelqu'un, l'oreille collée sur notre poste pour écouter Radio-Londres.

Et puis, le 3 août, nous avons entendu le message qui nous était destiné : « *Le chapeau de Napoléon est-il toujours à Perros-Guirec ?* ». C'est là que toute l'organisation de génie militaire s'est mise en place. Nous étions tous près pour l'action et tout le puzzle des réseaux, des compétences et qualifications se sont assemblées.

La sédition venait de se déclencher et les Allemands, désorientés par cette insurrection générale, tentaient de rejoindre la Normandie ou l'est du pays. Une colonne d'Allemands pouvait essuyer une attaque sur sa route toutes les dix kilomètres. Ils étaient tellement furieux qu'ils ne pouvaient avancer qu'en ouvrant leur passage au lance-flammes. Nous, nous étions sur notre terrain et nous menions contre eux une véritable guérilla.

Enfin bref, je ne vais pas raconter la fin cette guerre dans les détails mais, le 8 août 1944, la Bretagne était libérée et nous avons fait une entrée triomphale à Quimper.

Voilà, Corentin notre participation à la guerre.
— Qu'est devenu le corps d'Adrien ?
— Avec l'accord de monsieur Le Bloas nous l'avons placé auprès de Châtaigne dans le caveau familial.

Puis je suis allée à Saint-Malo rencontrer les parents d'Adrien pour parler de leur fils, de l'ami, de l'amoureux, du résistant. Ils sont venus à Quimper chercher son corps pour l'enterrer dans la chapelle de leur propriété où reposent depuis fort longtemps corsaires, pirates et les hommes et femmes de la lignée. La porte de la chapelle refermée sur mon ami, c'est une autre vie qui commença pour Aimée et moi.

— Vous avez d'autres questions, Corentin ?

Non, je n'avais pas d'autres questions ou j'en avais cinquante, mais cet enregistrement était si dense que j'avais envie de le réécouter et de le transcrire. Cependant peut-être que Rohan souhaitait lire les textes que j'avais mis en forme :

— Souhaitez-vous prendre connaissance de ce que j'ai déjà écrit ?

— Non Corentin, le moment venu, je vous le demanderai.

Entre le château rose et la maison, je suis frigorifié. À chaque fois, je pense aux marins-pêcheurs qui sortent travailler, quel que soit le temps. Quel métier ! Brrr. Vite, à la maison.

— Alors tu n'es pas blessé au moins, demande Justine, à peine la porte passée ?

— Moque-toi de moi… c'était incroyable cette séance !

— Ah ça, je te crois, tu en as oublié de passer chez la mère Boénnec.

— Bravo, c'est comme cela que tu accueilles un homme qui revient de la guerre ?

— Oh, oh… c'est moi qui ai fait la guerre ce matin. J'ai ouvert la douzaine d'huîtres et préparé les crabes pour que mon homme, qui papote avec un ancien combattant, revienne à la maison sans pain. Tu mangeras les fruits de mer avec ces biscottes sans sel…

— Pas question !

Je suis ressorti dans le froid et j'ai repensé à l'aventure des Coatarmanac'h sur cette période de guerre. C'était génial cette organisation de la Résistance. Est-ce parce que je suis un enfant de l'après-guerre que j'ai zappé une grande partie de cette histoire ? Quand on nous disait : « c'est un héros, il a fait la Résistance », nos yeux d'enfants brillaient d'admiration sans même savoir ce qu'il avait fait ou simplement s'il avait fait quelque chose.

Le Conseil national de la Résistance… Voilà, je vais aller voir leur site… j'aurais fait quoi moi à cette époque ?

En poussant la porte de la boulangerie, sans rien demander, je me suis retrouvé avec un sac de pain entre les mains, une boulangère qui me pousse vers la porte et la ferme à clé derrière mon dos. Douze heures quarante-cinq ? Oh pétard, je n'ai pas vu le temps passer !

Dès mon retour, nous nous installons à table et Justine me demande combien de morts cette fois-ci ?

— D'après les chiffres officiels, on compte soixante millions de morts.

Ma réponse a tellement surpris Justine que j'ai failli en ajouter un à ce chiffre effarant. L'huître scélérate venait de frapper, j'ai juste eu le temps de l'entourer de mes bras et de la serrer d'un coup fort pour faire ressortir la bête de sa gorge :

— Normalement, une huître ça glisse tout seul tu vas être la risée de tout le monde quand je vais raconter ça.

Elle ne rit pas, elle est choquée et je me sens comme un con. Je me lève pour prendre le vase de fleurs posé sur la table du salon pour lui offrir à nouveau mais elle ne réagit pas. Justine qui ne rigole pas, ça fout les jetons. Il faut que j'enchaîne…

— Pour quelqu'un qui vient de te sauver la vie, tu n'es pas très reconnaissante… deux !

— Deux quoi ? raille-t-elle entre deux quintes de toux.

— Rohan et son Ombre ont tué les deux vilains garçons, Youen et Célestin. Assieds-toi je vais te raconter.

C'est avec cette histoire que j'ai ranimé Justine…

11ᵉ enregistrement : le temps du travail

Et si je passais par la plage ? Le soleil est givré, la mer est basse, les mouettes sont là, elles m'attendent. Je reçois leur attention avec honneur, maintenant je dois faire partie des amis de la famille.

Cette biographie est étrange, mais, depuis le début je suis dubitatif. Ses histoires me fascinent quand il les raconte, me troublent quand je les retranscris, et me font douter de la véracité des faits quand j'y pense.

Il y a au moins dix morts, sans compter les dégâts collatéraux, que je qualifierais de suspectes et qui, aujourd'hui, feraient au moins l'objet d'une enquête préliminaire. Je sais qu'il y a prescription mais… ? J'ai même l'impression que Rohan ne raconte que les tranches de vie qui concernent les disparus. En tout cas, leur vie n'est pas banale ! Que va-t-il me raconter aujourd'hui ?

Le rituel d'accueil est immuable. Toujours cette chaleureuse ambiance dans la cuisine, les diplomates aux amandes sont délicieux et achèvent de calmer mes réflexions, et Rohan commence immédiatement son récit.

La guerre était terminée. Toutes les infrastructures avaient été détruites, et il fallait tout reconstruire. Brest, Lorient, Saint-Malo, et tant d'autres villes et villages… Tous les ports de Bretagne étaient quasiment rayés de la carte. Jamais mon travail n'avait été si indispensable. J'ai donc été nommé à la Direction Départementale de l'Équipement à Quimper.

Quant à Aimée, une ombre planait sur son devenir. En 1941 le Maréchal Pétain signait l'arrêt de mort des herboristes pour confier le monopole des plantes médicinales aux pharmaciens qui devaient surtout vendre les médicaments des laboratoires. La vente des molécules cliniques était plus rentable. Il était donc urgent, pour elle, de continuer son capitulaire et de recenser toutes les possibilités de soigner par des moyens naturels. Monsieur Le Bloas qui avait son diplôme de pharmacien a décidé de garder son activité d'herboristerie et c'est Aimée qui en devint responsable.

C'était pour moi la première fois que je travaillais officiellement et, lorsque je suis arrivé, le premier jour à la DDE, accompagné des trois mouettes, j'ai été reçu comme quelqu'un d'important. Vous pensez Corentin, un Ingénieur diplômé d'État avec une particule, ça pose son homme. Le directeur du site, Firmin d'Armand, est venu à ma rencontre avec un air débonnaire pour m'accueillir avec ses deux mains boudinées. Il avait les cheveux gras, un ventre proéminent qui, manifestement, n'avait pas souffert de la faim pendant la guerre. Il avait réuni tout le personnel administratif pour me présenter avec un discours obséquieux et m'annonce, pour mettre fin à cette réunion :

« Je suis très heureux de vous compter parmi nous, Corentin, je peux vous appeler Corentin ? Mademoiselle Nicole, qui est ravissante, vous apportera les dossiers qu'il faut regarder en priorité… Enfin, ils sont tous prioritaires. C'est que tous ces résistants n'y sont pas allés de main morte avec nos infrastructures. »

[En plus, il était pétainiste ce gros dégoûtant…]

On m'avait attribué un grand bureau avec un énorme téléphone, une lampe de ministre et un superbe fauteuil en cuir. Le temps pour moi de prendre mes repères et mademoiselle Nicole arrivait avec une pile de dossiers qu'elle posait sur le bureau… C'est vrai qu'elle était jolie mademoiselle Nicole.

« Prenez un siège Nicole, je peux vous appeler par votre prénom, il me semble que c'est l'usage ici ? Moi, c'est Rohan.

— S'il vous plaît Monsieur… Rohan. Monsieur le directeur me met mal à l'aise avec sa façon de parler ou de s'adresser à moi, comme si j'étais une potiche. J'ai mon baccalauréat et mon diplôme de secrétaire de direction. J'ai appris à conduire et à me battre avec un groupe de résistants et, depuis que la guerre est finie, on me relègue à un rôle de subalterne.

— Vous connaissez bien les dossiers Nicole ?

— Oui, et c'est moi qui les ai créés.

— Eh bien, vous serez mon assistante, vous viendrez avec moi sur le terrain, pour prendre des notes et les suivis de chantier et nous conduirons la voiture de fonction tous les deux. Restez discrète avec nos collègues, ils vont nous mener la vie dure. Selon vous Nicole, nous commençons par quel pont ?

— Celui de Brest Monsi… Rohan… »

Voilà comment nous avons débuté notre collaboration. Par le pont Albert-Louppe qui s'appelait encore le pont de Plougastel. Les Allemands avaient détruit la première arche pour couper la route entre Plougastel–Daoulas et le Relecq-Kerhuon.

Ce pont avait ceci de particulier qu'il avait été construit par Eugène Freyssinet, un ingénieur français. Il avait inventé le béton précontraint, une technique que j'avais découverte pendant mes études, et il me tardait de travailler sur ce chantier.

Dès le lendemain de mon arrivée à la DDE, alors que j'exposais à Firmin d'Armand la façon dont je voulais travailler avec Nicole, il a ri en me disant que j'étais un sacré lapin et il m'a tapé dans le dos.

« Faites donc, me dit-il, faites donc ».

J'ai entendu Mère, qui se débarrassait de moi avec cette phrase, ça m'a agacé au plus haut point. Du coup, je n'ai pas apprécié cet homme.

Inutile de vous dire, Corentin, que la décision de travailler en collaboration avec Nicole a mis « le reuz dans le Landerneau de Quimper ». Tout le monde pensait que Nicole était montée en grade parce qu'elle couchait avec moi. Les autres secrétaires ont demandé à devenir aussi des collaboratrices, ragots et jalousies ont laissé libre cours à l'imagination. Pourtant, Nicole et moi sommes restés professionnels tout le temps. Nous nous vouvoyions, ce n'est pas elle qui venait dans mon bureau pour le travail ; c'est moi qui me déplaçais dans le bureau des secrétaires pour parler des chantiers. J'engageais la conversation avec les autres femmes comme si de rien n'était, je les appelais toutes par leur prénom. Au bout de quelques mois, les potins ont cessé, pire, l'une d'entre elles est tombée follement amoureuse de moi. Jocelyne ! C'était une jeune fille moderne, assez jolie, plutôt délurée et qui savait ce qu'elle voulait. En fait, j'étais le prototype parfait du prince charmant. Malgré mon alliance, et puisque je n'étais pas l'amant de Nicole, elle pouvait livrer bataille.

Ses avances étaient claires et pour moi et pour tout le personnel de la DDE, mais je ne répondais pas à ses approches. Au début, j'étais un peu gêné, puis dérouté, et par la suite, vivement agacé.

En fait, je me retrouvais dans une situation complexe. Au lieu de lui dire clairement que je ne voulais pas répondre à ses attentes, sans l'inciter, je l'ai laissée m'approcher. C'était comme si j'avais aussi besoin de me sentir désirer. J'avais à ce moment-là 27 ans et à part ma merveilleuse Châtaigne et Françoise à Paris, je n'avais jamais sollicité d'autres femmes. J'étais mal à l'aise et je ne savais pas trop comment me dépêtrer de cette situation. Au début, elle m'apportait mon café avec des regards appuyés. Elle se débouillait pour se mettre à côté de moi chaque fois qu'une occasion se présentait, elle me touchait tout le temps et à chaque fois, je me défilais. Puis, un soir, je suis resté au bureau pour finir un dossier pour le chantier du lendemain matin. Elle est venue me rejoindre en minaudant pour attirer mon attention. Alors qu'elle commençait à déboutonner son corsage, j'ai paniqué, je suis sorti en courant rejoindre René, le chef de chantier qui fermait l'atelier. En me voyant arriver aussi vite, il me demande :

« Il y a un problème patron ?

— Oui, il y a une chatte en chaleur dans mon bureau, je ne sais pas comment m'en débarrasser, lui dis-je sur le coup de l'émotion.

— Allons voir ça me réplique-t-il un peu malicieux. »

Au moment où nous nous approchons de l'entrée principale, voilà que Jocelyne, en chemisier déchiré, les cheveux décoiffés, sort comme une furie en criant au viol.

J'étais totalement choqué par cette accusation et c'est encore René qui a pris les choses en main. Il a fait rentrer Jocelyne dans le bureau et a décroché le téléphone pour appeler Firmin d'Armand. Celui-ci, qui avait un logement de fonction à côté, est arrivé très vite et nous nous sommes retrouvés dans son bureau tous les quatre.

Jocelyne avoua rapidement sa mise en scène ; en gros, elle était vexée que je ne réponde pas à ses avances, et jalouse de ma relation de travail avec Nicole. Elle m'aimait follement et voulait passer sa vie avec moi.

J'ai répondu que je ne mélangeais pas ma vie professionnelle et ma vie privée et que je ne vivais pas seul.

— ... Et alors, ça l'a calmée ?

— Nous le pensions mais, en fait, pas du tout. C'est sur le terrain privé qu'elle a commencé à me harceler et créer des difficultés à mon Ombre. Je ne m'en suis pas rendu compte tout de suite.

Par exemple un pneu crevé sur la voiture de fonction garée devant ma maison. C'est René qui est venu me chercher et, en guise de remerciement, lui aussi il voulait savoir pourquoi et comment j'avais trois gardes du corps ailés qui me suivaient partout :

« Je les ai vues se jeter sur Jocelyne quand elle est sortie en criant l'autre soir et elles ne sont jamais loin de vous.

— Oui René, et je ne sais pas pourquoi, c'est ainsi depuis ma naissance. »

Quelque temps après, alors que mon Ombre et moi étions à Loctudy rendre visite à Léo et les enfants, notre jardin de Kerfeunteun a été saccagé.

— Les enfants ? De quels enfants parlez-vous ?

— Ceux que nous avions pris en charge et confiés à Léo et Jeanne-Marie. Je vous en reparlerai tout à l'heure.

[Il y a bien des histoires dont il ne me parle pas, le petit cachotier.]

Des dossiers disparaissaient de mon bureau et là, j'ai soupçonné Jocelyne. Je décidais de tout raconter à Nicole qui n'eut pas l'air surprise, et elle commença à la surveiller de plus près.

Puis, des lettres anonymes sont arrivées.

— Elles disaient quoi ces lettres anonymes ?

— Que j'avais des maîtresses, que j'acceptais des cadeaux de certaines entreprises qui voulaient travailler avec la DDE…

— C'était vrai ?

— Que les entreprises versaient des pots-de-vin ? Oui ! Que moi j'acceptais ? Non et jamais ! Et pourtant, ces entreprises mettaient le paquet sur la table ; des cadeaux, des voyages, des travaux gratuits dans les résidences privées. Certaines grosses entreprises, offraient, des maisons particulièrement bien situées souvent en bord de mer.

— Qu'avez-vous fait ?

— Je suis allé voir Firmin d'Armand avec les lettres et lui dire que je soupçonnais Jocelyne. Une fois de plus la jeune fille a été convoquée et a avoué ses forfaitures. Un blâme lui a été adressé avec interdiction de m'approcher sous peine d'une mutation.

— Elle a accepté ?

— Oui, elle s'est tenue loin de moi mais elle s'est approchée d'Aimée.

— Oh, de quelle manière ?

— D'abord elle a suivi mon Ombre, puis a tenté d'entrer en contact avec elle mais Aimée ne répondait pas à ses questions. Je suppose que Jocelyne n'a pas compris son silence alors elle a fomenté un attentat.

— Un attentat ? Comment ça un attentat ?

— Tuer Aimée. Elle avait décidé de faire disparaître celle qui la gênait.

— Elle savait que c'était votre sœur ?

— Je ne le pense pas. En tout cas, elle a attendu Aimée à la sortie de son travail, armée d'un pistolet, ce qui n'était pas rare à cette époque. Quand elle l'a pointé sur ma sœur, les trois mouettes ont tourné autour de sa tête en caquetant très fort et elle a totalement paniqué. C'était la deuxième fois que les volatiles l'attaquaient et elle a fait une crise de panique. Elle s'est mise à tirer sur les mouettes mais, en fait, elle a blessé deux passants. Elle s'est effondrée auprès d'Aimée qui ne bougeait pas mais qui avait posé un pied sur le pistolet. La gendarmerie, prévenue par monsieur Le Bloas, est arrivée très vite et les gendarmes ont conduit Jocelyne à l'hôpital Gourmelen, l'hôpital des fous. Après plusieurs mois de traitements assez inhumains, elle a eu un procès. Elle a été jugée folle et condamnée à retourner à Gourmelen le temps de sa guérison.

— Et elle a guéri ?
— Non, elle est décédée quelques mois après.
— Elle est morte de quoi ?
— On n'a jamais voulu nous le dire mais probablement des traitements invraisemblables que l'on faisait subir aux malades. La psychiatrie n'était pas ce qu'elle est aujourd'hui et de grands dégâts ont été faits.

Suite à cette triste histoire, je ne me sentais plus très bien à la DDE de Quimper et j'ai commencé à regarder quel grand chantier pourrait m'intéresser.

En consultant les archives, j'ai mis la main sur un dossier qui, immédiatement, me passionna. Par quel miracle ce dossier s'était retrouvé dans nos locaux, je ne le sais pas. Une chose est certaine, il était pour moi.

C'était un projet pour utiliser l'énergie des marées pour produire de l'électricité. Évidemment je connaissais les moulins à marée. Les meuniers les utilisaient depuis fort longtemps pour moudre le grain. Mais là, le projet était immense.

En fait, il y avait plusieurs dossiers et un livre dans ce carton. Je regardais celui qui me semblait le plus ancien, celui du barrage de la Rance. Il datait de 1897 et était présenté par un ingénieur civil qui s'appelait L. Pilla-Deflers. En fait, il s'agissait d'établir à l'embouchure de la Rance, entre Saint-Servan et Dinard, un barrage digue appuyé sur les rochers des Zorieux et de Bizeux.

Je trouvais l'idée géniale et ouvrais le livre intitulé « *L'utilisation de l'Énergie de Marées* ». Il avait été publié en 1921 par un collègue, Georges Boisnier. En le parcourant, j'avais le cœur qui battait fort parce que je pensais que techniquement, c'était possible.

En prenant le deuxième dossier et, à ma grande stupéfaction, je vois qu'il y avait un autre projet d'usines marémotrices à l'Aber-Wrac'h dans le Finistère. Le chantier avait débuté en 1925 ; il avait été abandonné une première fois en 1928, pour être repris un temps et malheureusement définitivement abandonné en 1930, faute de financement ; et pour cause, nous étions en pleine crise financière.

Je file voir mon patron pour parler de ces dossiers et il m'informe que le barrage de la Rance risque de se réaliser. Un Projet d'étude est en cours et on en parle sérieusement en hauts lieux :

« Eh bien, Coatarmanac'h, ça vous intéresse on dirait. Si vous souhaitez rejoindre le projet, je peux peut-être faire quelque chose pour vous. »

C'est ainsi que ma sœur et moi, sommes arrivés à la DDE Territoriale de Saint-Malo.

Avant de vous parler de Saint-Malo, j'ai deux sujets à aborder. Le premier, les enfants, et le deuxième mon frère militaire.

— Oui, c'est quoi cette histoire d'enfants ?

— Après la guerre, beaucoup d'enfants se sont retrouvés orphelins. Ce n'était pas nouveau pour la Bretagne avec les pêcheurs qui périssent en mer et des mères qui n'ont pas toujours les moyens d'élever les enfants. La tradition veut que les enfants soient éparpillés dans les familles ou chez les voisins.

Dès la fin de la guerre, la maman de Châtaigne, qui était investie à la Croix Rouge, est venue nous voir pour nous parler de deux bébés de huit mois, des jumeaux. Les parents, juifs, étaient cachés par la famille Le Braz de l'île Tudy depuis plusieurs mois. Malheureusement quelques jours avant la fin de la guerre, tout le monde a été dénoncé et les soldats allemands ont tué les deux familles avant de quitter les lieux. Les deux bébés ont été « oubliés » parce qu'ils étaient en promenade avec une des filles Le Braz.

Ces deux petits avaient besoin de quelqu'un qui s'en occupe, le temps de retrouver une famille d'accueil. Mère avait accepté que Léo et Jeanne-Marie se chargent des orphelins. Le tablier de Léo avait retrouvé sa fonction de nounou et celui de son amie venait de découvrir la joie de couver. Nous avions hâte d'aller tous les dimanches au château rose et retrouver le plaisir de déjeuner avec tout ce petit monde, monsieur Nedelec compris car, depuis longtemps, il faisait partie de notre famille. Sarah et David étaient des enfants magnifiques et joyeux, l'amour de leurs deux mamans leur assurait la paix. Aimée et moi participions financièrement à leur bien-être. Nous avons coulé des jours heureux tous ensemble pendant plus de huit ans, le temps qu'il a fallu aux autorités françaises pour retrouver des membres de la famille des enfants à Chicago. Le vide causé par le départ de Sarah et David fut si profond que nous avons décidé, avec la maman de Châtaigne, de faire de Léo et Jeanne-Marie des nourrices agréées pour accueillir des petits enfants en attente d'une famille d'accueil.

— Vous avez gardé des contacts avec Sarah et David ?

— Une ou deux fois par an, nous avions des nouvelles et nous sommes allés passer un Noël à Chicago avec Aimée, Léo et Jeanne-Marie. David est mort au Vietnam en 1965. Sarah s'est éteinte en 1995 d'un cancer. Voilà.

— Voilà ? Vous n'avez plus de contact avec leurs familles ?

— Non, les liens se sont estompés avec le temps.

Maintenant je vais vous parler de mon frère Mardi, enfin Georges de son prénom, le militaire.

Une vie sacrifiée au nom d'une tradition de caste dont notre famille ne faisait plus partie.

Son drame fut qu'il n'était pas né à la bonne époque ou qu'il n'avait pas choisi le bon métier…

Il est né en 1901 et était trop jeune pour être mobilisé pendant la Grande Guerre. Il s'est donc engagé à 19 ans après avoir passé son baccalauréat. Il avait demandé l'armée de terre, la mer n'étant pas son élément. Sa caserne se trouvait à Rennes et il revenait régulièrement à Loctudy.

Il était officier en 1939. Sa seule guerre fut celle de 39-40, celle qu'on a appelée la « drôle de guerre » ou « la guerre assise ». Il a fini par quitter les rangs comme les autres pour revenir à Loctudy avec une mystérieuse blessure à la jambe qui l'a handicapé le reste de sa vie.

Pétainiste et probablement collaborateur, il n'avait jamais pu prouver sa bravoure au combat. Ses rêves de devenir un héros se sont effondrés en même temps que l'honneur de la France. Trop vieux et trop alcoolisé pour la guerre d'Indochine… Pendant que nous étions tous au château le dimanche de Pâques, heureux et en famille, Georges, déjà ivre dès le petit-déjeuner décida de brouter les daturas qu'Aimée avait amenés de notre jardin. Son délire était drôle et inquiétant, car il simulait une attaque de barbares avec son pistolet de service. J'ai juste eu le temps de cacher les enfants dans la cuisine, d'entendre un coup de feu et les cris effrayés de Mère.

— Et Aimée ?

— Elle n'a pas bougé, elle est restée assise. Après le coup de feu, elle s'est levée pour probablement constater la mort de Georges. Monsieur Nedelec a tout de suite appelé la gendarmerie qui a conclu rapidement son enquête par une mort accidentelle.

— C'était un suicide !

— Ah non Corentin, il n'y a pas de suicide dans la famille ! Mère ne pouvait pas imaginer un enterrement sans passer par l'église.

— Mais pour vous, c'était un suicide ?

— L'alcoolisme est un suicide, Corentin, parce que boire, c'est pleurer à l'envers. Manger des fleurs de datura est un suicide et se tirer une balle dans la tête aussi. Quel gâchis cette famille !

Je crois que je vais arrêter là notre entretien, Corentin, je sens que je suis fatigué aujourd'hui. Nous nous verrons la semaine prochaine si vous le voulez bien ?

— Votre frère ne s'est jamais marié ?

Non, il aurait pu, c'était un bel homme mais probablement qu'aucune femme n'était suffisamment suicidaire pour le marier. Et puis voyez-vous, Corentin, quand une lignée doit disparaître, les événements ne sont jamais favorables. J'en suis un autre exemple.

— Écoute Justine, je commence vraiment à me demander pourquoi Rohan de Coatarmanac'h fait sa biographie et surtout pour qui ?
— Il y a des nouveaux morts ?
— Deux morts étranges semble-t-il, mais je n'arrive jamais à faire la part de la vérité, il s'arrange toujours pour que ce soit des concours de circonstances ; mais j'ai toujours un doute.
— Raconte !
— Jocelyne, amoureuse éconduite par Rohan est devenue folle de jalousie et elle a été enfermée à Gourmelen. Elle n'aurait pas survécu aux traitements, mais personne ne sait vraiment de quoi elle est morte.
— Fais une enquête si ça te perturbe autant.
— Je ne vais pas faire d'enquête, mais la seule mort accidentelle sans ambiguïté c'est Châtaigne et le bébé. Pour toutes les autres, et il y en a une douzaine tout de même, il peut y avoir présomption de meurtre.
— C'est quoi la deuxième mort avec soupçon ?
— Georges, le soldat familial ; brouter les fleurs de datura, faut savoir que c'est du poison...
— Soit plus clair mon ami tu commences à m'inquiéter !... Corentin, tu as derrière toi plus de quarante ans de jugements, alors les histoires de Rohan doivent te rappeler certaines réalités

que tu as étudiées, mais pour l'amour du ciel, ne laisse pas aller ton imagination. Souviens-toi des erreurs judiciaires et de ses conséquences désastreuses. Offre-lui le bénéfice du doute ou arrête cette biographie.

— Ben non ! Il faut que j'aille jusqu'au bout.
— Voilà ! On passe à table ?

12ᵉ enregistrement : le barrage de la Rance

Je saute de moins en moins sur le chemin du château rose. Toutes ces morts accidentelles me laissent perplexe. Il faut vraiment que je lui parle de cela ; enfin, c'est lui qui est censé écrire son livre donc il me dit ce qu'il veut. Ai-je le droit de le pousser dans ses retranchements ? Et puis mon travail, c'est d'accompagner à l'écriture et de produire le livre de sa vie, sans jugement… Elle a raison Justine. Il faut que j'arrête de me prendre la tête ou que j'arrête la biographie… Quand j'étais juge, je n'étais pas enquêteur, je travaillais sur un dossier ficelé. Et en fonction des faits, des témoins, des avocats, des jurés, j'appliquais la loi avec bon sens, mais là, je me sens déstabilisé. En tout cas, mal à l'aise

Bon allons-y…

L'accueil est toujours aussi plaisant, la cuisine aussi chaleureuse et les madeleines aussi appétissantes.

— Décidément, ces madeleines sont à mourir de plaisir… enfin, c'est une métaphore naturellement.

— Eh oui, bien sûr, Corentin, je vous sens légèrement troublé ce matin, tout va bien chez vous ? Ou alors, vous avez des questions à me poser avant de partir pour Saint-Malo ?

— C'est qu'hier soir, je relisais tout ce que j'ai retranscrit depuis le début de notre travail et je me suis dit qu'il y avait au moins une dizaine de morts que je qualifierais d'étranges.

— De morts suspectes vous voulez dire, Monsieur le Juge ? Réfléchissons ? J'ai, 27 ans au moment du récit ça fait à peine un demi-mort par an, années de guerre comprises. Ça vous paraît étrange ?

— Vu comme cela, non…

— Vu autrement, c'est quoi ? La gendarmerie a toujours fait son travail et a donné ses conclusions. Je crois que vous êtes bien placé pour savoir que toutes les morts, même « étranges », sont légion et ne donnent pas lieu à des enquêtes. En même temps, je comprends votre interrogation et quelquefois, j'ai été surpris par certains événements aussi, mais la vie continuait et je vous propose de partir, sur le champ, en sotte Bretagne.

— En sotte Bretagne ? C'est quoi cette expression ?

— Ce sont les pays de Bretagne où l'on ne parlait pas le breton et l'Ille-et-Vilaine ne pratiquait que le Gallo, une sorte de patois.

— Ah ! J'ignorais cela.

— À l'époque, moi aussi, j'ai appris sur place.

Mon Ombre et moi arrivons à Saint-Malo. Quel chantier ! La ville était en fin de reconstruction. La guerre des architectes, certains pour une reconstruction à l'identique, les autres avec une vision moderne, était terminée, et le granit gris de Lanhélin donnait aux immeubles modernes un air d'ancien.

En attendant, il était difficile de trouver un logement suffisamment grand pour que ma sœur ait son bureau et son laboratoire. La DDE nous avait fourni un logement de fonction, mais trop petit et la proximité des collègues nous contraignait beaucoup. Nous étions donc en quête d'un endroit le long de la Rance avec un jardin

Dans le même temps, nous sommes allés rendre visite à la famille d'Adrien et aussi, pour nous recueillir sur sa tombe. Il me manquait terriblement vous savez, j'avais une ombre mais pas d'ami, pas de copain.

La famille Maupertuis vivait dans une belle et grande malouinière. Ces étranges maisons de nouveaux riches qui ressemblent à des petites plantations de Sudistes. Toute la famille habitait là. Les parents étaient toujours aussi charmants et très heureux de nous recevoir.

Quand ils ont rencontré Aimée, ils l'ont tout de suite appréciée, sans effusion évidemment. Je pense qu'Adrien avait dû leur parler d'elle, car, pas une seule fois ils ne m'ont posé de questions sur son comportement spécial, pas une seule fois, ils n'ont été étonnés par la présence des trois mouettes à proximité de nous.

Adrien avait une sœur aînée, Adèle, jeune, veuve de guerre avec deux enfants. Anne, une petite pimbêche d'une douzaine d'années qui avait connu son père contrairement à son jeune frère, le petit Adrien, baptisé ainsi en souvenir de son oncle. Tous deux étaient en pension et nous ne les voyions que pour les vacances.

À l'entrée du domaine se trouvait l'ancienne maison du gardien-jardinier-homme à tout faire. Ce lieu n'était plus habité depuis sa mort à la fin de la guerre. Aimée se sentait attirée par cet endroit et, j'ai demandé à Monsieur de Maupertuis de nous louer cette maison.

Avec son accord, nous y avons effectué des travaux de confort. Nous avons installé une salle de bains et des toilettes, passé un grand coup de blanc dans toutes les pièces. Ma Reine des graines avait hâte de déblayer une grande serre encombrée par de vieilles choses et elle a commencé son jardin avec un jeune garçon de la ferme d'à côté.

L'histoire se répétait pour Aimée. Le petit Adrien se prit d'un grand intérêt pour elle et pour ce qu'elle faisait, et elle le laissa s'approcher. Dès qu'il avait une minute de libre, il venait près d'elle, lui présentait des dessins de plantes qu'il regardait dans la nature, et Aimée corrigeait le nom des plantes quand il y avait des coquilles.

J'entretenais avec Adèle une relation de courtoisie et elle ne me laissait pas indifférent. Elle affichait le côté hautain que les gens de cette noblesse récente arboraient pour bien marquer leur différence de classe. Son aïeul, René Moreau de Maupertuis, avait été anobli par Louis XIV en 1708 et nommé directeur de la Compagnie des Indes Occidentales de Saint-Malo. Tout dans cette maison rappelait ce « grand homme »... mais corsaire tout de même ! Et tous voulaient afficher une part de grandeur de cet ancêtre qui leur revenait de sang et de droit.

Mise à part « les Adriens ».

Le grand, vous le connaissez déjà et le petit deviendra, avec le soutien de la Reine des graines un grand chercheur dans le domaine médical.

Nous étions posés là, les mouettes quasi en vacances ; nous avions trouvé notre rythme de croisière.

— Et votre travail ?
— Le chantier était gigantesque, les machines chauffaient, les fourmis bâtissaient. Moi je

n'intervenais pas encore sur le chantier mais sur le réseau routier qui allait desservir l'usine marémotrice.

Cependant j'assistais aux réunions du grand chantier. J'étais aussi souvent que je le pouvais dans les locaux de la SEUM, qui était le bureau d'étude du chantier. Je m'intéressais autant à la technique des turbines qu'aux installations des matériels sophistiqués. Vingt-quatre turbines bulbes qui fonctionnent constamment aux marées montantes et descendantes et elles produiraient au début 500 GWh par an.

— Et aujourd'hui, elles n'ont plus le même rendement ?

— Un peu moins, à cause de l'envasement de la Rance mais elles gardent toujours une excellente production. Le réseau routier et le barrage allaient faire la jonction entre Dinard et Saint-Malo et ce projet me réjouissait. La construction d'un barrage est un peu plus compliquée que celle d'un pont, car les paramètres des marées sont à prendre en compte mais je ne vais pas m'attarder sur la technique, ce n'est pas le but de la biographie.

— Au fait, c'est quoi le but de votre biographie ?

— Pour l'honneur d'Aimée… vous comprendrez à la fin.

Nous avions trouvé notre place. Aimée travaillait en pharmacies parce que depuis le décret signé par Pétain, les herboristes devaient disparaître. Les pharmacies dorénavant devaient vendre des molécules fabriquées par les laboratoires. Heureusement, les herbes et les plantes étaient encore très présentes dans les officines. L'aspirine remplaçait progressivement les plantes et les huiles essentielles... savez-vous que pour soigner une migraine, une petite goutte d'huile essentielle de menthe poivrée répartie sur les tempes et sous le nez soigne votre douleur plus vite qu'un cachet d'aspirine, sans détruire l'estomac ?

— Non, je l'ignorais.

— Voilà où nous en sommes, la nature nous offre ses bienfaits et les laboratoires la consigne pour en faire des médicaments de synthèse. Notre monde marche sur la tête voyez-vous. Enfin ma Reine des graines fournissait encore aux « apothicaires » du coin des huiles et des tisanes et surtout ses crèmes pour le visage. Nous étions sur un rythme de croisière sans complication et les envolées bienveillantes de nos trois amies ailées.

Ma relation avec la famille Maupertuis était très agréable, même si Aimée ne partageait pas ma relation avec Adèle comme elle l'avait fait avec Châtaigne. Est-ce pour cela qu'un jour, Adèle m'a demandé de l'épouser et pourquoi l'ai-je accepté ? J'avais trouvé une famille aimante que je n'avais jamais connue dans mon enfance et, pour la première fois de ma vie, je me sentais à ma place.

C'est là que mon cauchemar a commencé. D'abord, Mon Ombre ne m'a pas suivi. Oh, elle n'a rien fait de plus ou de moins que d'habitude, mais elle n'a pas partagé ce choix. Elle évitait de venir aux repas familiaux dans la malouinière, n'a pas assisté aux fiançailles ni à la cérémonie de mon mariage.

Pour Adèle, c'était un affront, et Aimée était devenue la femme à abattre. Adèle n'a pas compris qu'en m'épousant, elle épousait aussi ma sœur. On ne sépare pas un homme et son ombre.

Le jour de notre mariage, sans discussion préalable, mon épouse m'a posé un ultimatum : « tant qu'Aimée ne sera pas enfermée dans un asile de fous, nous ferons chambre à part ». J'étais abasourdi. Je ne comprenais pas les raisons de cette haine clairement exprimée envers Aimée. La jalousie probablement.

Plus je prenais la défense de ma sœur et plus Adèle était intransigeante et dure.

— Mais c'est la deuxième fois qu'une femme est jalouse de votre relation avec Aimée.

— Oui, apparemment, c'est une constante.

Puisque je ne pouvais pas franchir le seuil de la chambre de mon épouse, j'ai repris ma chambre de jeune homme dans la maison du gardien.

Si aujourd'hui on peut analyser et expliquer des comportements étranges grâce à la psychanalyse, à cette époque peu de gens avaient entendu parler de Freud, Lacan ou autres…

Moi je regardais mon épouse qui devenait de plus en plus méchante envers moi et surtout envers Aimée.

Traumatisé par le sort de la pauvre Jocelyne, je ne voulais rien tenter contre Adèle… Une fois de plus, je ne savais pas comment gérer cette situation. Mes discussions avec son père à son sujet ne m'apportaient aucun réconfort et évidemment, il avait tendance à prendre le parti de sa fille. « Prenez une maîtresse » était pour lui la solution la plus simple.

Je me suis toujours demandé pourquoi Adèle a voulu m'épouser ! Pas pour ma particule, son nom de jeune fille et son nom de veuve étaient déjà composés. Pas pour ma fortune, elle avait tous les moyens nécessaires pour satisfaire sa vie ! Pas par amour ! Alors par haine ? Ce n'est pas explicable pour moi.

— Vous faire payer la mort de son frère ? Ou peut-être ne voulait-elle pas d'enfants ?

— Tout ça me semble si ridicule. La jalousie et la haine d'Adèle n'avaient plus de limites.

Le petit Adrien était toujours avec Aimée et il était tout aussi passionné par les graines et par les plantes que l'était mon Ombre à son âge.

Ceci évidemment ajoutait de la jalousie au ressentiment d'Adèle à l'encontre de ma sœur. Alors, un jour, elle est passée à l'acte.

Elle voulait détruire Aimée et ses plantations, et elle a mis le feu à la serre.

— Oh, comment on met le feu à une serre ?

— Il y avait de la lumière, elle a probablement pensé qu'Aimée y était. Avec un bidon d'essence et un briquet, elle a démarré un feu qui en fait, a été affaibli par l'humidité du lieu.

— Mais qui était dans cette serre ? Pas le petit Adrien tout de même. ? Elle n'a pas brûlé son propre fils ; ce n'est pas possible !

— Non rassurez-vous, il a hurlé, s'est précipité dans le réservoir d'eau de pluie et est sorti par derrière.

— Oh, j'ai eu peur.

— Mais quand Adèle a entendu le cri de son fils, et quand elle a vu Aimée arriver à ses côtés, elle a hurlé sa douleur et s'est jetée dans les flammes. Finalement, c'est son fils qui l'a sorti de l'enfer.

— Elle est morte ?

— Non, mais ses brûlures étaient graves. Ses cheveux avaient brûlé et son visage était très atteint. De plus, elle est tombée sur une pierre et a sombré dans un coma profond.

— Mais c'est horrible tout ce que vous me racontez là, quel drame ! Elle s'en est sortie ? Et dans quel état ?

— Elle a été conduite à l'hôpital du Rosais à Saint-Servan et Aimée a pris le bus tous les jours pour aller la soigner avec de l'huile essentielle de lavande et des plantes dont j'ignore les noms. Adèle est restée sans connaissance une quinzaine de jours, suffisamment pour ne pas trop souffrir et je sais que les soins de ma sœur y étaient pour beaucoup.

— Vous alliez la voir à l'hôpital.

— À ma grande honte, j'y suis allé une fois quand elle était inconsciente et une autre fois quand elle a repris vie mais elle a refusé de me recevoir.

Et puis, j'ai rencontré une femme. Une femme ingénieure qui a rejoint notre équipe et qui travaillait avec moi sur le chantier du barrage. Benoîte Bonory était célibataire par choix, féministe, sportive, l'esprit ouvert et libre. Nous sommes devenus amants naturellement sans nous poser la moindre question, c'était une évidence. Nous n'attendions rien l'un de l'autre si ce n'est le plaisir de passer de bons moments ensemble. Je rentrais tous les soirs à la maison, parfois très tard. Mon Ombre savait que quelqu'un habitait mon cœur et elle continuait son travail et les soins à Adèle.

— Vous n'attendiez rien de cette femme ? C'était une histoire banale ?

— Oh que non, elle était loin d'être banale. Moi, aux yeux de tous, j'étais marié et Benoîte ne voulait ni se marier ni fonder une famille. Elle voulait rester libre de sa vie et c'est en ça que j'ai compris ce qu'aimer voulait dire. Aimer l'autre pour ce qu'il est, sans rien changer, sans rien attendre, sans rien espérer, juste le moment présent. J'ai adoré cette relation…

— Et pour Adèle ?

— Six mois après son accident, Adèle est sortie de l'hôpital. Si les soins d'Aimée avaient fait des miracles, il n'en restait pas moins que ses cheveux n'avaient pas repoussé et que quelques cicatrices subsistaient sur son visage. Aujourd'hui, la chirurgie esthétique aurait arrangé cela mais, à l'époque, ça n'existait pas vraiment. La vie sociale d'Adèle se limitait à sa chambre et à la seule présence de sa femme de chambre.

— Vous avez tenté de la voir ?
— Plusieurs fois, mais en vain. Vous vous rendez compte Corentin, je n'ai jamais embrassé vraiment ma femme, la seule chose que j'ai baisée c'est mon pouce en lui faisant un baisemain.

Quelque temps après, on l'a retrouvée morte dans son lit. Elle s'était suicidée en laissant une lettre à son père.

— Allons bon, avec quoi elle s'est suicidée ?
— Apparemment de la digitaline…
— Mais qui lui avait prescrit ce médicament ?
— Le médecin, je suppose. En tout état de cause, je devenais veuf, une fois de plus.
— Et sa lettre, elle disait quoi ? Vous l'avez ?
— C'était une lettre de haine de la vie. Le monde entier s'était ligué contre elle, et moi, j'avais refusé de lui donner ce qu'elle voulait le plus au monde, l'attention que je vouais à une folle.
— Oh ! Qu'avez-vous fait ?
— Nous sommes en 1966 ; le barrage de la Rance a été ouvert au public et je suis resté à la DDE de Saint-Malo pour effectuer des travaux qui ne m'intéressaient pas vraiment.

Je voulais quitter la France, trouver un grand pont à construire dans un pays d'Asie. Je voulais qu'Aimée découvre d'autres types de médecine et de plantes. Il était évident que la mort programmée en Occident des plantes médicinales était bien avancée.

De ce fait, je me suis mis à chercher des grands travaux en regardant vers le soleil levant. La Chine ! Le Pont de l'amitié entre la Chine et le Népal, un pont en béton, tablier porté, ma spécialité ! Je pensais qu'Aimée souhaiterait connaître cette médecine traditionnelle chinoise et découvrir le bouddhisme et ses temples millénaires accrochés aux montagnes les plus hautes du monde. Je me suis déplacé au ministère de l'Équipement, j'ai remué ciel et terre pour pouvoir y aller, même si je devais me mettre en disponibilité, mais la Chine n'avait pas besoin de nous à cause de la Révolution culturelle et la fermeture du pays aux étrangers.

Par contre, la Direction Départementale de Quimper me proposait de revenir en Finistère pour construire le pont de Cornouaille, entre Sainte-Marine et Bénodet. Alors que j'allais refuser, une petite voix au téléphone nous apprenait le décès de monsieur Nedelec. Léonie, ma bonne vieille Léo venait de perdre son ami.

Nous sommes tous revenus au château rose. Nous deux et les mouettes. Mère était âgée ; Léo prenait soin d'elle mais elle aussi était fatiguée. Seule Jeanne-Marie restait vaillante et il le fallait pour Mère qui était atteinte de la maladie d'Alzheimer.

Monsieur Nedelec avait fait d'Aimée son héritière.

— Vous dites toujours « monsieur Nedelec » ; c'était François Nedelec ?

— Oui, je ne l'ai jamais appelé par son prénom, et après, c'était trop tard. Son apothicairerie était rue du Port, là où il y a l'immeuble blanc avec des appartements pour les touristes. Nous avons vendu les murs et la pharmacie, ainsi que notre maison de Kerfeunteun. Aimée avait le projet de construire son laboratoire derrière le château, dans lequel elle terminerait ses travaux.

— Quels travaux ?

— Ceux de toute une vie, je vous le ferai visiter lorsque nous aurons terminé la biographie.

— D'accord, et, vous, vous avez construit le pont de Cornouaille ?

— Oui, je vous raconterai la suite la semaine prochaine.

— Pas très « rieuse » la période où il travaille, dis-je à Justine en posant mon cartable sur la chaise de l'entrée. Chaque partie d'histoire qu'il me raconte pourrait faire l'objet d'un roman policier, mais, il ne lâche aucun indice. Il aime son travail ; cependant, il n'entre que superficiellement dans les détails. Par contre, il m'emmène le plus souvent sur les chemins incroyables parsemés de drames.

— C'est peut-être ça sa biographie me répond Justine. Il y a encore des morts ?

— Une tentative d'assassinat, une grande brûlée, un suicide et la mort de monsieur Nedelec qui elle, est naturelle.

— Tu m'étonnes que ce ne soit pas « rieur » ! Une tentative d'assassinat, une grande brûlée et un suicide ce n'est pas rien tout de même ! Raconte…

— Oui, c'est la même personne, Adèle, la sœur d'Adrien. Un truc de fou, figure-toi qu'elle a demandé Rohan en mariage, il a accepté et elle lui a refusé son corps tant qu'il ne mettrait pas Aimée en hôpital psychiatrique.

— C'est une idée fixe chez ses femmes. Qu'est-ce qu'il a fait ?

— Lui ? Il a refusé. Adèle a voulu mettre le feu à la serre pour brûler Aimée mais, c'était son fils qui était là. Le petit Adrien est sorti par la réserve d'eau et a sauvé sa mère qui, désespérée s'était jetée dans les flammes. Elle a été emmenée à l'hôpital et c'est Aimée qui l'a soignée avec des huiles essentielles. De la lavande, je crois. C'est là que Rohan a pris une maîtresse, Benoîte quelque chose ; ils se sont pris pour amants mutuellement et…

— … La suite de l'histoire d'Adèle, je te prie.

— Oui, donc, Aimée a sauvé Adèle, mais, Adèle n'a pas supporté de devoir sa vie à sa pire ennemie. Elle n'a pas non plus supporté et ses cicatrices et sa perruque enfin bref, elle s'est suicidée avec de la digitaline.

— Comment elle a trouvé de la digitaline ?

— Il paraît que c'est le médecin…

— Tu doutes ? Pourquoi Aimée la soignerait et lui procurerait du poison pour qu'elle meure ?

— Depuis le début, je doute de tous ces morts alors une de plus ou une de moins ?

— Tu files un mauvais coton mon ami, si Rohan t'a dit que c'est le médecin, alors c'est le médecin. Et moi, je trouve cette histoire incroyablement romanesque. Si tu n'écris pas un polar, je pourrais en faire une pièce de théâtre ?

Finalement, j'aime bien ce que tu fais !

13ᵉ enregistrement : la Chine

Il y a une différence entre écouter un récit et le retranscrire, car les mots à l'écrit prennent toutes leurs saveurs. Je prends le temps de réfléchir sur le sens à donner au texte. Le souci, c'est que ce ne sont ni mes mots ni mon histoire, et peut-être que ce n'est pas la véritable histoire... Mais pourquoi et pour qui fait-il cette biographie ? « L'honneur d'Aimée » ? Pourquoi ça ?

Ce matin, je n'ai rien vu du chemin pour arriver au château, je me suis retrouvé au chaud, dans la cuisine, avec l'odeur de café et cookies aux pépites de chocolat...

— Corentin, je peux vous dire que ces délicieux cookies sont végétaliens donc, sans lait et sans œuf. Mais ils peuvent rivaliser avec tous les gâteaux secs que vous avez déjà goûtés.

— Je n'en doute pas une seconde et une fois de plus, Justine va me demander la recette.

— Mais avec plaisir. Où en étions-nous de l'histoire déjà ?

— Au pont de Cornouaille, vous avez accepté la mission de la DDE.

Il sourit, et reprend son récit.

Oui, c'était la société *Feyrolles* qui le construisait mais la DDE en était le maître d'œuvre.

La construction du laboratoire d'Aimée d'après ses plans a été plus rapide que mon pont. Bah, ce chantier n'était pas celui de la Chine, mais c'était familial.

Nous étions auprès de ma Léo qui finissait doucement sa vie dans le bonheur d'avoir ses petits à côté d'elle et Jeanne-Marie qui dévoilait une belle patience avec Mère qui était devenue opalescente. Elle se déplaçait sans même poser les pieds au sol. Elle était si désincarnée qu'elle aurait pu se noyer dans un reflet de lune.

Mon organisation était bien rodée. Ma voiture de fonction était sur l'île Tudy, tous les matins et soirs je prenais le bac pour faire la traversée Loctudy–Île Tudy et, quand je rentrais, nous nous retrouvions dans cette cuisine. Le cœur du Château.

— Et votre amie Benoîte, vous vous êtes séparés ?

— Vous êtes un romantique, Corentin. Oui, nous nous sommes quittés, mais pas aussi facilement que nous l'avions pensé. Cette relation sans projet d'avenir et sans promesse nous avait liés par le simple bonheur que nous nous donnions.

J'ai donc rangé cette belle aventure auprès de Châtaigne, mon bébé et Adrien ; parce que cette belle histoire était bien un deuil.

Puis, assez rapidement, la santé de Mère s'est aggravée. Elle oubliait tout ; comment on faisait sa toilette, comment on allait aux toilettes et puis, un matin, elle a oublié de se réveiller.

— Comme cela ? Enfin, aussi… facilement ?

— Elle a été bonne pour Dieu, Dieu a été bon pour elle… Enfin, je suppose !

Pendant les deux années de la construction du pont de Cornouaille, j'ai perdu Mère, puis finalement ma Léo qui ne voulait plus être une charge pour nous. J'ai eu un véritable chagrin d'enfant. Elle était ma maman, elle était l'amour inconditionnel dont chaque enfant a besoin pour construire l'adulte qu'il deviendra.

Châtaigne et notre bébé, Adrien, ma Léo, Léonie Kervelec. Ils me manquent encore aujourd'hui…

— Je suis désolé, Rohan…

— Merci pour votre compassion, Corentin, c'est inévitable dans une vie aussi longue que la nôtre ; au reste, dans le même moment, nous avons appris le décès de mon frère Marc, celui avec qui nous étions partis aux États-Unis. Il était devenu un artiste très bien coté là-bas. Lui et son ami sont restés dans la maison des Indiens jusqu'au décès de Louis, son compagnon. Par la suite, il est allé s'installer à San Francisco et a ouvert une galerie d'art. À sa mort, nous avons hérité d'une très belle somme d'argent et d'un grand stock d'œuvres réalisées par lui. Nous aurions pu réparer le château, mais pour qui ? De la famille, il ne restait que ma sœur Clitorine, qui coulait sa vie dans un couvent et qui avait oublié le monde des vivants.

— Il est mort comment Marc ?

— Du SIDA ; il a certainement été une des premières victimes de cette maladie, enfin, nous l'avons compris un peu plus tard, quand les informations et les alertes sur ce virus ont été lancées.

Oui, une longue période de deuil pour moi. Mon Ombre et moi avions à cette époque-là, cinquante-trois ans, ce qui voulait dire, pour moi, sept ans à passer dans un bureau avant la retraite.

Ma sœur enrichissait son capitulaire. Elle étudiait toutes les spécificités des plantes et arbres dans leur globalité. Elle ne s'arrêtait pas à la classification, elle abordait leur biogéographie, leur pathologie, leur pharmacologie… Enfin, je ne suis pas un spécialiste, mais les articles qu'elle publiait dans les revues scientifiques étaient particulièrement remarqués et appréciés. Il faut dire que ses études font référence dans le monde entier.

— Parce qu'elle a publié ?

— Mais oui et encore aujourd'hui. Mon Ombre est un astre brillant. En réalité, je ne suis que l'ombre de son ombre.

Nous étions en très bonne santé, et l'idée d'aller en Chine a finalement germé, suite à une conférence au Centre hospitalier universitaire de Rennes, donnée par le célèbre professeur Kan Zhang sur la médecine traditionnelle chinoise. L'université de médecine traditionnelle chinoise avait été rouverte en 1956 à Pékin, avec une possible ouverture sur l'Occident.

Aimée s'est illuminée pendant la conférence et j'ai compris que c'était là qu'il fallait aller. J'ai demandé à rencontrer ce très grand praticien pour lui présenter ma sœur... mais je n'ai pas eu à le faire. Il l'avait reconnu.

« C'est un honneur pour moi de vous rencontrer Madame de Coatarmanac'h. Je suis votre travail depuis des années. Je serais honoré de votre présence à l'université de Pékin et de vous transmettre personnellement les sciences de notre médecine. Vous et votre frère serez mes invités permanents dans ma demeure. »

— Oh! Finalement, vous êtes partis en Chine?

— Eh bien oui, et par un beau concours de circonstances. Le directeur de cabinet du ministre de l'Équipement de l'époque m'appelle et me demande si je suis toujours d'accord pour partir en Chine, et si j'accepte de participer à un échange professionnel entre nos deux pays.

Le barrage de Gezhouba était en construction sur le Yangtze, dans la province de Hubei depuis deux ans, et les Chinois souhaitaient avoir la participation d'ingénieurs français chevronnés sur le terrain.

Trois ingénieurs spécialistes des barrages en Chine et trois ingénieurs chinois en France pour des ponts suspendus.

Nous étions en 1972, la révolution culturelle chinoise s'essoufflait légèrement. Après le passage de Richard Nixon, une ouverture diplomatique s'était créée dans le pays, et nous avons profité de cette fenêtre.

Entre le courrier au professeur Kang pour lui annoncer notre arrivée et la préparation de notre départ, il nous a fallu un mois de démarches administratives, notariales, banques et surtout travaux d'aménagement et de confort de la maison du gardien à l'entrée du château. C'est là que voulait vivre Jeanne-Marie en compagnie d'Odile, une des petites filles que Léo et elle avaient élevées. Nous avons fermé complètement le château et le laboratoire d'Aimée. Jeanne-Marie avait pour consigne de protéger le laboratoire, aération, chauffage et ménage. Pour le château l'ouverture par beau-temps suffirait.

Depuis la mort de Léo, les trois mouettes étaient moins vaillantes, elles restaient sur le rebord de la fenêtre et se balançaient de droite et de gauche en se demandant que faire.

À notre départ, nous les avons saluées, elles n'ont pas bougé comme si elles savaient que là où nous allions, elles ne pouvaient nous suivre.

François Nedelec n'était plus là pour faciliter nos déménagements successifs et nous nous sommes pris en main. Nous avons pris le « train carotte » de Pont–l'Abbé à Quimper, ce petit train qui disparaîtra en avril 1984, avant notre retour.

Une nuit à Quimper pour une soirée souvenirs, et le lendemain matin nous avons pris la direction de Paris.

Comme dans la chanson de Gilbert Bécaud, nous étions « le dimanche à Orly » en partance pour New York.

Deux jours de pèlerinage dans cette ville qui, en son temps nous avait déjà surpris par sa grandeur. C'était admirable et effrayant à la fois. Le hasard a fait que nous étions présents pour l'inauguration du World Trade Center le mercredi 4 avril 1973.

— Décidément, la première fois que vous abordez l'Amérique, vous faites le dernier voyage du *Normandie*, et pour la deuxième fois, l'inauguration des Twin Towers !

— C'est en faisant notre biographie que je vois les liens se tisser et que je comprends le sens des événements.

Là, nous rejoignons l'aéroport JFK et nous embarquons pour Pékin.

— Le voyage, n'est pas trop difficile pour Aimée ?

— C'est vrai que l'on est loin de son premier déplacement en voiture de Loctudy à Quimper… et de son saut en parachute… Elle s'adapte avec le temps.

— Elle a de la chance de vous avoir auprès d'elle.

— Je crois que nous nous sommes donnés cette chance de vivre ensemble. Je dirais que tous les deux, nous avions trouvé notre équilibre.

Lorsque nous débarquons à l'aéroport de Pékin, je suis frappé par les bruits, des odeurs pas très habituelles pour moi et un fourmillement de gens surprenant. Si moi je suis resté un moment subjugué par cette atmosphère bouillonnante, Aimée, elle, s'est dirigée simplement vers Zhang qui nous attendait avec sa famille. Tout le monde porte le vêtement traditionnel bleu de Chine que la révolution culturelle a hissé comme symbole du maoïsme. Tout le monde se courbe pour se saluer, ce qui est bon pour Aimée. Les Chinois ne se touchent pas elle n'a donc pas à refuser les poignées de mains et les embrassades.

Tang, le fils aîné de Zhang, parle un peu anglais et m'aide à récupérer nos bagages. Deux voitures nous attendent, une pour nous, Zhang et son épouse Jiang, l'autre pour les bagages et le reste de la famille.

La traversée de la ville entre l'aéroport et le logement de la famille est impressionnante ; pas tant par le nombre de voitures mais surtout à cause des vélos, des marcheurs, des motos, des carrioles et tout ce qui peut rouler… une fourmilière incroyable. Après un temps assez long, nous arrivons dans un quartier proche de la Cité interdite. La voiture s'arrête devant une résidence emmurée et une porte peinte en rouge et noir entièrement cloutée. Je pense que cette porte pourrait raconter l'histoire de la Chine depuis au moins le XVe siècle. C'est une maison à cour carrée comme on en trouve encore à Pékin.

Je m'y vois encore, Corentin, la première porte passée, nous pénétrons dans une sorte de petite cour avec un seul arbre. Sur le mur de gauche, une ouverture en arrondi nous invite à la traverser et nous nous retrouvons dans une deuxième cour plus vaste. Au centre du mur, face à nous, s'impose une autre porte encore plus grande que la première. Le portail passé, nous découvrons un troisième espace, carré, spacieux, entouré de pavillons plus ou moins grands. Des arbres plus que centenaires. Le calme, l'harmonie contrastent avec le chemin assourdissant que nous avions parcouru pour arriver dans ce lieu de silence.

Nos hôtes nous laissent le temps de reprendre notre respiration, car il s'agit bien de cela ; j'ai le souffle coupé par tant de beauté, de sérénité et de paix. Nous étions dans un monde inconnu, avec des coutumes ignorées de nous, enfin, de moi parce qu'Aimée par je ne sais quel miracle, était chez elle.

— Comment cela chez elle ?

— Ça fait partie des mystères de la vie, Corentin, chacun trouve ses propres explications, c'est comme pour les mouettes que nous avons laissées à Loctudy. Il n'y a pas toujours de réponses à nos questions.

De fait, Aimée est naturellement chinoise.

Tang nous a conduits dans un petit pavillon à gauche du bâtiment principal. Nos valises étaient déjà déposées dans la grande pièce. Deux lits à chaque extrémité avec au pied de chacun un grand coffre. Une petite armoire à côté de chaque couchage et au centre, une table et deux chaises. Derrière un rideau, nous découvrons une baignoire et un lavabo.

L'essentiel pour vivre. Vous me semblez dubitatif mon cher Corentin, quelque chose vous gêne ?

— Ben, vous êtes en pleine Révolution culturelle, et, d'après ce que je sais, ce n'était pas aussi romantique que ce que vous racontez !

— Vous avez, raison, derrière les murs de cette maison, c'est l'enfer pour les Chinois. Les logements sont tous réquisitionnés et les Pékinois vivent les uns sur les autres à trois ou quatre dans 15 m². Mais voyez-vous, la maison Kang est une exception. Je vous raconte.

Kang Zhang est le plus grand professeur de la médecine traditionnelle chinoise. Il est né dans le même village que Mao Zedong à Shaoshan dans la province de Hunan, là où se trouve notre barrage. Contrairement à ce que raconte l'histoire et à la politique menée par le grand timonier, les Mao étaient des grands propriétaires terriens. Le père de Zhang était médecin et par conséquent le médecin de la famille Mao. Le père de Zhang a sauvé la famille, dont Zedong, d'une terrible épidémie de grippe qui, à l'époque, a fait des milliers de morts dans la région. Depuis, Mao Zedong a toujours protégé la famille Kang et la médecine traditionnelle chinoise. Aussi, la maison carrée des Kang est un lieu protégé.

Il ne faut pas imaginer que cette maison et tous ses pavillons sont libres, au contraire ; tous les lieux d'habitations sont occupés par la famille Kang et celle de son épouse. Pour nous loger, les filles de nos hôtes sont retournées vivre dans le pavillon principal.

Je peux dire, Corentin, que toute la famille Kang a participé à notre intégration en Chine. La première des urgences était d'apprendre le mandarin. Jiang, l'épouse de Zhang, professeur de chinois, a mis tout son savoir pour nous enseigner sa langue.

C'est là que le miracle s'est produit, pour la première fois de ma vie, j'ai entendu la voix d'Aimée.

Pour apprendre le mandarin, Aimée parle. Je suis tellement heureux qu'au lieu de me concentrer sur les cours je l'écoute. Sa voix est un peu rocailleuse et étouffée, mais plus elle avance dans les cours et plus les sons deviennent clairs. Comme pour le français, elle apprend très vite. Elle échange avec tout le monde ce qui déclenche souvent autour d'elle des éclats de rire, mais elle, stoïque, répète les mots, les phrases et chacun d'entre eux participe à son évolution. Sa mémoire prodigieuse retient les signes. La calligraphie chinoise danse sous ses pinceaux, moi, je suis subjugué par sa dextérité et son intelligence, Jiang est ébahie par son élève.

— Mais, vous aussi, vous avez appris le mandarin ?

— Oui, en qualité de cancre. Pendant les trois mois qui précédèrent l'arrivée de mes deux collègues, j'ai réussi à aligner quelques phrases de politesse, mais, dès qu'on me répondait, j'étais perdu. En réalité ce qui me motivait vraiment, c'est que je pouvais parler avec Aimée. Attention, toujours en mandarin.

— Pas un mot en français ?

— Jamais !

— Et depuis que vous êtes rentrés en France ?

— Elle n'a plus parlé, même pas en chinois. Je pense qu'Aimée ne se sent bien que dans le silence.

— Ce n'est pas frustrant ?

— Oh, vous savez, il y a si peu de mots importants prononcés en une journée que l'essentiel n'a pas à être formulé. Et puis, qui parle à son ombre ?

Tang, mon ange gardien et presque mon ami et moi avons accueilli à l'aéroport mes deux collègues. Bernard Thallier, affichant une bonne quarantaine d'années et Max Robinault, un petit jeune à peine sortie de l'école d'ingénieurs des ponts, déguisé en maoïste tout neuf, avec la révolution dans l'âme. Les autochtones le regardaient mi amusés mi méprisants. Tang et moi restions zen et nous les conduisîmes dans un hôtel pas très loin de la maison Kang.

Rendez-vous fut pris pour le dîner dans la maison carrée et nous viendrons les chercher vers 18 heures locales.

— Vos hôtes ont les moyens financiers pour tout cela ?

— Non, mais le budget alloué par le ministère du Logement et de l'Équipement pour vivre ici et apprendre la langue était particulièrement généreux. J'avais donc participé à tous les frais de notre hébergement et nourriture. Si la famille Kang jouissait de quelques privilèges, le salaire de Zhang restait modeste. Notre arrangement était équilibré afin que chacun d'entre nous soit gagnant.

La cérémonie officielle, à la Maison du Peuple pour « l'échange de compétences d'ingénieurs entre la France et la Chine » devait intervenir une quinzaine de jours après l'arrivée de Bernard et Max, et ils tenaient spécialement à connaître quelques mots de mandarin pour l'occasion. Jiang était heureuse d'y participer, et elle avait vu ici le moyen d'enseigner à domicile et de gagner un peu d'argent.

Bernard Thallier m'avait tout de suite fait un bon effet et, très rapidement, nous sommes devenus bons copains. À Aimée aussi. Quant à Max Robinault, que nous avons immédiatement surnommé Marx, parce que notre langue n'arrêtait pas de fourcher, son ardeur et sa rhétorique sur le communisme et les bienfaits de la Révolution culturelle nous mettaient tous dans l'embarras. Pour lui, le communisme étant incompatible avec une particule, d'emblée, il m'a méprisé.

Sa véhémence et l'arrogance de sa jeunesse devenaient incorrectes pour nos hôtes et pour nous. Il n'avait pas compris qu'il avait changé de pays, d'histoire, de coutumes et de références.

Tang, qui était plus jeune que lui, l'invita à découvrir la ville et ils ont disparu dans Pékin pendant trois jours et quatre nuits. Trois jours et quatre nuits furent suffisants à Tang pour faire comprendre à Marx ce qu'était vraiment la Révolution culturelle, le communisme à la chinoise et tous les méfaits de la dictature du prolétariat.

Tang n'était pas un contre-révolutionnaire il n'était pas un ennemi de la cause ; il voulait lui montrer ce que la révolution avait de bon et de mauvais. Marx n'a vu que ce qu'il y avait de pire. Blessé dans son amour-propre ou aveuglé par son endoctrinement occidental, il est allé voir le responsable du quartier pour dénoncer Tang et sa famille en qualité de contre-révolutionnaire.

— C'est étrange, comment peut-on faire de la délation et en plus dans un pays que l'on ne connaît pas ?

— Il l'a fait ; à la surprise générale, y compris celle du responsable du quartier qui connaissait bien la famille Kang et qui avait ordre de veiller sur elle. Je crois que dans ses pérégrinations pékinoises, il a vu la misère et a assisté à des séances d'humiliation extrême appelées « une critique révolutionnaire de masse des ennemies de la classe ». Devant un public pauvre, excité, assoiffé de vengeance de classe, s'alignaient sur une estrade, des hommes, cinq ou six intellectuels ou propriétaires, ou capitalistes ou autres ennemis de la classe. Ils avaient une ardoise accrochée au cou avec leur nom rayé et devaient réciter un « plaidoyer de culpabilité ». Ces hommes, déjà maltraités avant leurs aveux, l'étaient davantage après leur autocritique. Ils subissaient les quolibets du public ou des coups pouvant entraîner de très gros handicaps, voire la mort.

Tang avait ajouté à la stupéfaction de Marx que, s'il était chinois, il ne serait pas là mais en rééducation à la campagne à récurer les porcheries ou autres basses besognes afin que les intellectuels comprennent le milieu prolétaire.

C'était la fin de sa belle idéologie communiste. Il était totalement déstabilisé et pour sa délation, je lui ai demandé de ne plus se présenter devant la famille Kang.

Bernard, Aimée, Tang, sa sœur Mei et moi profitions de nos vacances pour visiter la ville. Je ne vais pas vous faire le guide touristique, Corentin, mais nous avons visité les merveilles de Pékin et de ses environs. Les plus connues sont évidemment la Cité interdite, les grottes, des temples dont l'extraordinaire Temple du ciel, des pagodes, l'impressionnante place Tian'an men, qui n'avait pas encore été le théâtre de la tuerie des étudiants par l'armée. Nous avons assisté à des représentations d'opéra. Étrangement, l'opéra et les comédiens ont échappé aux persécutions et aux interdictions, tout comme la médecine traditionnelle chinoise ; des bulles d'air pur.

— Et les cavaliers en terre cuite ?
— Pas tout de suite, ce n'est qu'en 1974 qu'ils ont été découverts. Une découverte incroyable. Pensez 700 000 personnes sur 36 ans pour construire ce mausolée, 240 ans av. J.-C., aussi gigantesques que les tombeaux égyptiens, les pyramides incas et les temples d'Angkor ! On peut dire que les religions soulèvent des montagnes. Ce que c'est que la peur de la mort... Enfin, c'est un autre sujet, et j'y reviendrais.

Je peux vous dire, Corentin, que la Chine est un pays d'une beauté époustouflante, une histoire fabuleuse, c'est la raison pour laquelle nous y sommes restés si longtemps.

— Ah oui, combien de temps ?
— En comptant le Tibet, une dizaine d'années. Mais si cela ne vous dérange pas, nous verrons la suite la semaine prochaine ?

— J'ai juste une question à vous poser, quand vous parliez avec Aimée en chinois, vous parliez de vous et de votre vie, de sensations, d'émotions ?

— Aimée n'éprouve aucune émotion, nous ne parlions que de faits concrets. Pour le reste, nous n'avions pas besoin d'échanger des mots pour nous comprendre. On arrête ?

— On arrête là !

Sur le chemin du retour, je tente de me remémorer toutes les informations de cet enregistrement. La mort de sa maman était poétique, elle a « oublié » de se réveiller, celle de Léo est émouvante, elle a décidé de quitter ce monde... Elles l'ont décidé ou bien ?

— Eh bien moi, j'aimerais partir comme Léo, me renvoie Justine lorsque je lui fais part de mes réflexions de paranoïaque.

— Mais pourquoi tu dis ça ?

— Parce que j'aimerais bien mourir en bonne santé tout de même, et quand je le déciderai... Pour moi, préparer ma mort me permet de vivre sereine, je profite de chaque instant comme si c'était le dernier... La vie est merveilleuse non ?

— Tu veux que je te parle de la Chine, parce que nous en avons pour une bonne dizaine d'années et il faut que je reste dans la chronologie.

Et voilà comment j'ai, une fois de plus, retardé une discussion que nous devrons avoir un jour. Je connais Justine elle ne me lâchera pas. Moi, je n'arrive pas à penser à ça, pas à 60 ans, je commence juste à profiter de la vie que je me suis préparée. Quand je vois Rohan, je me dis que j'ai moi aussi une troisième vie à déguster.

— Par contre, tu te souviens de Marc, l'artiste qui vivait avec son compagnon aux États-Unis ? Ils habitaient dans la maison sur le cimetière indien, et bien, il est mort du sida.

— Encore une mort suspecte, dit-elle avec ironie

— Ah c'est de bon goût !

— Pardon, allez, raconte-moi la Chine….

— Tu prends ce que l'on sait déjà sur la révolution culturelle et les agissements de Mao, et tu le multiplies pas dix. Je ne pense pas que Rohan s'attardera sur les aspects horribles de la révolution. Il va, une fois de plus, rester sur le terrain privé et va certainement m'annoncer d'autres morts. Je subodore que Marx ne va pas rester longtemps en Chine !

14ᵉ enregistrement : Guezouba, le barrage

Une belle journée s'annonce sur la route de la Palue. Le soleil est là, c'est comme si le printemps était pressé d'arriver tout comme moi au château rose. J'ai eu la semaine pour revisiter l'histoire de la Chine et l'époque de Mao et je dois dire que, sachant ce que je sais, je n'aurais pas mis les pieds dans ce pays à cette époque-là. Avec Justine nous avons lu deux livres dénichés à la bibliothèque de Loctudy : *Brother* de Yu Huaet et *une vue splendide* de Fang Fang. Certes, ce sont des romans qui nous permettent d'aborder l'histoire de la Chine sur environ un siècle de politique mais pour des Occidentaux, c'est totalement inhumain. Enfin pour eux aussi je suppose, mais ils n'ont pas d'autres modèles. Bon, je me sens un peu faible sur cette réflexion, il va falloir que je creuse ça…

Les trois mouettes sont là… et oui au fait, elles ont fait quoi pendant les temps chinois de « leurs petits » et, au fait, ce sont toujours les mêmes volatiles depuis la naissance de Rohan ?

Ce sont les deux premières questions que je vais poser à Rohan devant notre galette des Rois… et la réponse à mes deux interrogations sera :

— Je ne sais pas.

Voilà, ça, c'est fait !

En entrant dans la cuisine du château, j'ai la surprise de voir, sur la table, une couronne posée sur une belle galette des rois. C'est à la fois émouvant et empreint de mélancolie. Pour moi, la fête des Rois, c'est une fête avec les enfants, le plus petit sous la table pour la distribution des parts, et chacun souhaitant en secret trouver la fève, devenir le roi ou la reine de la soirée… enfin… je m'égare encore…

— Vous n'aimez pas la galette des Rois, Corentin, me demande Rohan, surpris par mon regard insistant sur la pâtisserie.

— Oh si, j'adore la crème d'amande…

Tout en dégustant notre en-cas matinal, nous prenons des nouvelles des uns et des autres… et je ne pose pas mes questions ; à bien réfléchir, ce n'est pas si important que cela.

Et Rohan regarde mon enregistreur posé sur la table et m'invite à partir pour la Chine.

— Je vais commencer ce récit à partir de la cérémonie officielle pour « Un échange de compétences entre la France et la Chine». Grand spectacle propagandiste dans la Maison du Peuple, avec dans le rôle principal Mao Zedong.

— Vous avez rencontré le Grand Timonier ?
— Par deux fois, mais, j'y reviendrai plus tard.

Cette cérémonie précisément était retransmise à la télévision et les officiels, en grande pompe, se remplaçaient au pupitre pour faire de grandes déclarations que nous ne comprenions pas, encore que, Aimée ne ratait pas un mot des discours. La famille Kang était au complet au premier rang en contrebas de l'estrade. Bernard Thallier, Marx et moi étions placés à la droite de Mao et les trois ingénieurs chinois à sa gauche. Au bout de trois heures interminables de bla-bla, un des ingénieurs chinois se levait pour parler… et, inévitablement, mon tour arriva. Je m'efforçai de réciter ce que j'avais appris avec Jiang mais, apparemment, ce n'était pas si clair pour les autres, parce que tout le monde était plié en deux. Ça ne m'a pas perturbé puisqu'ils riaient comme des malades, je continuais donc jusqu'au bout dans l'hilarité générale.

— Mais qu'est-ce vous avez raconté ?
— Je ne le saurai jamais ! Personne n'a compris ce que je disais, même pas la famille Tang. Par contre, pour près d'un milliard de Chinois, j'étais devenu un célèbre «Yǐgwù Fàyù», le perroquet français.

— Et Marx, il était là ?

— Oui, pas très à l'aise, et il était le seul à ne pas rire dans l'assistance. Du coup, le même milliard de Chinois l'avait remarqué. Il est devenu «xióng» l'ours, ce qui n'a pas arrangé nos relations par la suite.
— Et Bernard ? Il a eu un surnom ?
— Plus tard, sur le chantier il a été surnommé le cerf (Lù), ce qui lui allait parfaitement bien, car cet homme était brillant et compétent dans son travail mais aussi, posé, sérieux, franc du collier comme on dit, et profondément humain.

Bernard était célibataire. Sa mère, atteinte de maladie d'Alzheimer avait été son unique préoccupation jusqu'à ce qu'elle s'éteigne au cours de l'année passée. Alors, sans attache en France, il avait demandé à participer à cet échange. Il se sentait bien parmi nous et auprès de la famille Kang. Il faut dire que la présence de Mei, la fille aînée de Zhang et de Jiang, y participait pour beaucoup.

Mei était professeur d'histoire dans un collège du quartier est de Pékin. Son mari, martyr de la révolution, avait trouvé la mort dans un camp de rééducation. Et pour couronner le tout, Mei était maman d'une petite fille de douze ans nommée Qiao. Nous avions tous remarqué les regards entre ces deux-là et nous savions qu'un rapprochement sino-français allait se faire un jour.

Nous étions tous à quelques jours de nos grandes rentrées : Aimée, Tang et Zhang allaient prendre le chemin de l'Université de médecine traditionnelle chinoise, Mei et sa fille, Qiao, celui du collège, Bernard, Marx et moi, vers notre prochain chantier.

Mon plus grand souci était ailleurs; Aimée et moi allions être séparés pour la première fois de notre vie et l'inquiétude me gagnait, mais pas elle apparemment. Je la sentais calme et déterminée pour cette grande aventure, confiante en Zhang et Jiang, et moi, je comptais sur Tang qui commençait les cours avec mon Ombre et qui la protégerait sur le campus. En même temps, ce n'était pas une jeunette et sa condition d'étrangère pouvait imposer le respect.

Le chantier était situé à Yichang dans la province de Hubei, à 1 300 km au sud de Pékin. Quatorze à quinze heures de route en voiture, huit heures par le train, et deux heures en avion. Je n'avais pas d'idées précises sur l'organisation du travail et sur les disponibilités que nous pouvions avoir, alors, j'attendais avec impatience notre première rencontre avec les maîtres d'œuvre.

Nous avions opté pour l'avion; il faut dire que le change entre le franc et le yen nous était particulièrement favorable.

Arrivés à l'aéroport de Yichang, le maître d'œuvre du barrage nous attendait et, à notre grande surprise, il parlait un français parfait et était heureux de pouvoir pratiquer cette langue.

«Bonjour, je m'appelle Cao Cheng.

Nous nous sommes présentés et nous l'avons laissé parler.

— Je suis ce qu'on appelle un Chinois d'outremer, nous dit-il. Mon père était un diplomate et avait une passion pour votre pays. J'ai fait mes études supérieures en France et je suis rentré en Chine il y a une dizaine d'années, justement pour préparer ce grand projet. »

Nous parcourions le chemin de l'aéroport au chantier tout en discutant de la France et de la construction du barrage de la Rance dont il s'était inspiré pour celui de « Gezou ».

Pour rejoindre la maison qui était mise à notre disposition, nous sommes passés devant l'immense chantier de l'ouvrage. Du haut de la colline, Cheng, avec fierté, et il y avait de quoi, nous expliqua les différentes étapes de construction.

Bernard regardait avec attention les travaux.

Marx, les « esclaves » qui travaillaient dans la boue.

Moi, j'admirais les extraordinaires paysages verdoyants et si divers, en faisant abstraction du chantier.

Là, Corentin, vous avez la motivation de chacun de nous trois pour venir en Chine, et ça le restera.

Notre maison se nichait dans la colline qui surplombait le Yang-Tsê, mais en aval du chantier. Elle était spacieuse et de style anglais. Et oui, même là, ils construisaient pour le confort. Du grand salon, nous avions une vue sur la vallée avec des paysages à couper le souffle. Les rizières qui se transformaient en or sous le soleil et devenaient d'argent sous la clarté de la lune. Des magnifiques forêts, et des arbres qui rivalisaient en hauteur avec des cheminées de fées. Le Yang-Tsê, qui contournait tous les obstacles naturels en dessinant des méandres majestueux. Dieu que c'était beau, je ne m'en lassais pas de ces visions, et je me demandais déjà si c'était si bon de couper cette belle nature avec un tel barrage. Notre salle à manger pouvait recevoir une vingtaine d'invités. La bibliothèque était en manque de livres ; et ce n'était pas pour me déplaire parce que ces livres dérobés pouvaient circuler sous le manteau des étudiants qui pouvaient, en catimini, étudier la littérature occidentale.

— Comment ça sous le manteau ?

— Corentin, il suffit d'interdire quelque chose pour qu'elle se fasse discrètement. Prohiber les livres occidentaux, c'était en quelque sorte les sauver de la destruction. Les étudiants, au risque de leur vie, se passaient les livres entre eux et en cachette.

Je continue ma visite : deux boudoirs, un office, une lingerie et surtout cinq chambres avec salle d'eau et toilettes, ce qui était pour nous le luxe suprême. Le tout en état de marche, et bien entretenu, ou alors remis en état pour nous recevoir.

— C'était meublé ?

— Oui, les propriétaires avaient fermé la maison comme s'ils étaient partis en vacances ou en extrême urgence. Le miracle a voulu que le gardien-jardinier-homme à tout faire soit resté sur place avec sa famille et qu'ils aient en quelque sorte protégé ce bien. Et c'était justement cette famille qui nous accueillit.

La famille Zou occupait le logement au-dessus du garage et ils vivaient presque en autarcie comme si la Révolution culturelle les avait oubliés. Le jardin anglais était florissant et ils entretenaient un potager et des poules. Un des fils était pêcheur sur le fleuve, enfants et petits-enfants étaient scolarisés ou en poste en qualité de fonctionnaires. Le modèle de l'éducation anglaise, la sécurité d'un toit et la nourriture gratuite avaient maintenu cette famille Robinson hors d'eau, permettant aux enfants de progresser dans la hiérarchie sociale.

— Je suppose que l'attitude arrogante des envahisseurs anglais de la Belle Époque vis-à-vis du petit personnel n'était pas particulièrement bienveillante ?

— Je le pense aussi, mais elle n'était pas pire que ce qu'enduraient les ouvriers du chantier et les gens plus pauvres parmi les pauvres. Je n'ai pas envie de parler de la misère mais quand l'homme est considéré comme un ver de terre, l'esprit a du mal à monter sur la motte. Ils sont pêcheurs, cueilleurs et dérobeurs, tout pour eux n'est qu'une question de survie.

Nous nous étions installés dans la maison, chacun avait choisi sa chambre et la mienne était meublée avec deux lits séparés par un claustra, parce que je comptais bien avoir la visite d'Aimée. Quant à notre cher ours Marx, il décida d'occuper un tout petit pavillon qui servait de débarras. Il refusa d'habiter dans une maison de grand bourgeois que nous étions. En réalité, ce n'était pas pour nous déplaire ; Bernard et moi envisagions d'avoir quelques invités de notre connaissance.

La famille Zou nous offrit ses services pour l'entretien de la propriété et la cuisine, ce que nous avons accepté volontiers. Nous leur avons proposé des appointements raisonnables pour nous et très généreux pour eux, et nous ne l'avons jamais regretté.

Sauf Marx le communiste pur et dur qui refusait de se faire servir. Par contre, devenir pique-assiette était une de ses spécialités et je crois que celle-là a été la cause du premier vrai conflit à notre cohabitation.

« Si tu veux partager nos repas, Welcome, lui ai-je dit, mais il faudra partager aussi les frais. C'est le travail des Zou et tu le sais mieux que quiconque, toute peine mérite salaire ». Le mettre face à ses contradictions ne fut pas la bonne idée pour une coopération sereine, rapidement il s'éloigna des « capitalistes », à vrai dire, de moi, la noble tête à couper.

Pour nous rendre sur le chantier, nous disposions d'une voiture avec un chauffeur. Marx partait à pied, seul, au petit matin. Nous l'avions croisé à l'entrée du chantier et il nous avait retrouvés, tout crotté, dans la salle de réunion pour nous présenter à tout le personnel d'encadrement travaillant sur le site. Cao Cheng se faisait un plaisir de jouer au traducteur ce qui forçait l'admiration de l'assistance. Tout le monde nous connaissait ; j'étais le perroquet français, Marx l'ours et Bernard ? Bernard pour le moment.

Je vous passe le reste de la journée. Nous comprenons très vite que non seulement ils ne nous attendaient pas pour construire le barrage mais il n'y avait pas vraiment de travail pour nous trois.

Profitant de cette aubaine, Bernard, et moi avons organisé notre emploi du temps avec l'accord de Cheng.

Je n'avais plus besoin de prouver quoi que ce soit en matière de carrière, par contre, Bernard oui. Quant à Marx, il fit le nécessaire pour couler sa propre barque. À critiquer les conditions de travail des ouvriers se mit toute la hiérarchie sur le dos.

Ma présence à mi-temps sur le chantier était décidée ; une semaine sur deux pour commencer sauf en cas de charge de travail.

— Vous avez organisé votre vie de quelle manière ?

— Aller le plus souvent à Pékin pour être avec Aimée, prendre des cours de chinois et de calligraphie, gravir la montagne de Wudang shan pour apprendre le « taiji quan » et visiter la région pour commencer.

— Et c'est ce que vous avez fait ?

— Apprendre le mandarin, oui c'était dans notre contrat. Aller à Pékin oui, une semaine par mois mais honnêtement, Aimée n'avait pas besoin de moi. Zang était émerveillé par les savoirs d'Aimée qui avance en zigzag dans toutes les disciplines et qui, à chaque fois, y excellait. Elle était même passée par le cycle de l'acupuncture mais c'est Tang qui suivait ses instructions. Il avait pris ma place auprès d'elle. Elle s'en accommodait, et moi aussi. Elle parlait, lisait et écrivait presque couramment le mandarin, ce qui mettait Jiang en joie qui lui fit découvrir la littérature chinoise. Tout fonctionnait à merveille.

Pendant toutes les vacances, Aimée, Tang, Mei et Qiao venaient passer les mois d'été dans la maison anglaise. Une joie pour tout le monde, les Zou compris puisqu'Aimée plantait et jardinait avec eux. Tout le monde participait à la cuisine avec un besoin d'apprendre les mystères de cet art. Il faut dire que deux des piliers de la médecine chinoise sont la nourriture saine et le sport.

Le rapprochement entre Bernard et Mei était officiel et déjà ils parlaient mariage. Bernard projetait de rester en Chine avec les Tang, et moi, tant que je me sentirai bien, je vaquerai à mes distractions à une semaine sur deux.

Tout allait pour le mieux si ce n'était le comportement de Marx qui nous préoccupait sérieusement. Au fil des mois, son attitude changea. Il était profondément choqué par le sort des ouvriers du chantier, ce que nous pouvions comprendre. Nos diverses révolutions, manifestations nous avaient menées à une société heureuse et protectionniste. Mais en Chine, rien de tout cela n'existait et la Révolution culturelle, soi-disant dictature du prolétariat, ne profitait pas à tout le monde. Enfin bref, notre Marx se prit, après Zola, pour un Jean Jaurès et tout a basculé pour le chantier et pour moi.

Aux yeux de Marx, accroché à ses convictions, j'étais un parasite de la société et il fallait m'écraser. Il buvait plus que de raison, et ainsi, pouvait-il plus facilement m'insulter. Nos invités étaient des nantis et ne respectaient pas les règles de la Révolution culturelle et notre agitateur avait décidé de faire un rapport pour les gouvernements chinois et français sur notre attitude de « capitalistes ».

Le fait que nous ignorions ses élucubrations le mettait dans des colères incontrôlables et plus personne ne pouvait le calmer, ni Bernard, ni Cao Cheng. Ses diverses tentatives pour soulever les « ouvriers opprimés » fatiguèrent le maître d'œuvre et il décida de faire partir Marx pour le remplacer par un nouvel ingénieur.

Le soir même de l'annonce de Cao Cheng, notre collègue fut pris d'une terrible crise d'angoisse. Tang et Aimée le calmèrent avec une boisson de leur composition. Tang compressa quelques points d'acupuncture. Petit à petit, Marx se calma. Le lendemain matin, il était serein mais un peu perdu dans ses pensées, sans qu'aucun d'entre nous suppose ce qui allait se passer par la suite. Alors que nous passions une soirée agréable, Zou An se précipita vers nous, affolé, pour nous annoncer que monsieur Marx s'était pendu.

— Oh, et il y a eu une enquête ?

— Oui Monsieur le juge. Cao Cheng a prévenu les autorités compétentes qui confirmèrent le suicide dû probablement au « syndrome du voyageur ».

— Le syndrome du voyageur ? C'est quoi ce syndrome ?

— Le syndrome de l'étranger qui fantasme un pays ou une idéologie et qui, face à la réalité, est atteint de bouffées délirantes. La réalité a dépassé son imagination, c'était devenu invivable, donc suicide.

— Et il y a un remplaçant ?

— Oui, mais ce sera pour la prochaine fois, là, je suis fatigué Corentin.

— Le retour du corps de Marx n'a pas dû être très facile ?

— Détrompez-vous, Corentin, quand deux États sont en bonne coopération, il n'y a aucune complication.

Je reprends le chemin de la maison par la corniche, avec le reste de la galette des Rois, qui de Justine ou de moi trouvera la fève ? C'est n'importe quoi, avec ou sans fève ça ne changera rien ou bien, pour la surprendre, il faut que j'enlève la fève ; ça, ce serait amusant.

En repensant à cette heure d'enregistrement, je constate une fois de plus qu'il ne parle de préférence que de relations humaines, éventuellement de lieux et de paysages. Les objets ne l'intéressent pas, quant aux infos et aux événements dramatiques qui se déroulent de ce pays, jamais ! Comme s'il ne voulait pas voir les horreurs commises au nom de cette Révolution populaire. C'est très factuel comme récit.

Justine est là, en train de lire le journal local.

— Tu sais ce que nous allons au théâtre à Quimper ce soir ?

— Oui, c'est quoi au juste la pièce ?

— *Le voyageur sans bagage* de Jean Anouilh.

Tiens, l'histoire se télescope :

— Tu sais ce que c'est que le syndrome du voyageur ?

— Oui, pour préparer notre voyage en Inde nous avons lu un livre sur ce sujet, regarde dans le rayon « voyage » de la bibliothèque, tu vas trouver.

— Merci, ce midi, nous allons tirer les rois.

— Et tu me raconteras ? Il y a des morts ?
— Oui, Marx, il s'est pendu ! Mais je ne sais rien de plus.

15ᵉ enregistrement : Tibet, Népal

Les trois mouettes sont venues me chercher, elles virevoltent autour de moi, est-ce le printemps précoce qui les émoustille de la sorte ?

— Hé, les mouettes, vous avez fait quoi pendant que Rohan et Aimée étaient en Chine ?

Pas de réponse non plus, elles rigolent... je crois que je vais lâcher l'affaire sur le mystère de ces volatiles.

Deux ou trois mordus de voiles tirent des bords dans le chenal, histoire de voir si le matériel est prêt pour la saison. Les oiseaux du ciel préparent leur nid, l'impatience, l'explosion de la nature se fait sentir.

Moi, j'arrive au château et notre rituel fonctionne toujours, immuable, sauf que les gâteries changent à chaque fois. Un cake délicieux aux poires et amandes, et je sais que j'aurai la recette à la fin. Si ça continue, nous allons devenir végétaliens.

Et Rohan de démarrer très vite. Décidément les effets du printemps sont incontrôlables.

Dans le ciel, deux avions se croisèrent, le cercueil de Marx qui prenait le chemin du retour et un nouvel ingénieur français qui le remplacerait. Nous n'avions aucune idée de l'identité du nouveau venu, et Cao Cheng alla seul l'attendre à l'aéroport de Yichang.

Au moment de son atterrissage, j'étais à l'école des arts martiaux de Wudang Shan pour pratiquer mon Tai-chi. Ce n'est que deux jours après son arrivée que je rencontrais, enfin, le nouvel arrivé.

De battre mon cœur s'est arrêté... ce n'était pas un ingénieur mais une ingénieure ; Benoîte Bonory, ma Benoîte... ma BB devant moi, toujours aussi belle et qui m'attendait :

« Je rêve, pince-moi s'il te plaît, il faut que je me réveille.

— Je préfère t'embrasser si cela ne te dérange pas. »

Nos corps avaient déjà parlé bien avant nos bouches et nous sommes restés serrés, cœur à cœur une éternité. Puis, après ce temps d'émotion forte, je lui demandais par quel miracle elle était arrivée jusque-là, au fin fond du monde ?

« La DDE de Saint-Malo m'a fait suivre un courrier envoyé de Chine et adressé à mon intention. La lettre émanait d'une certaine Aimée de Coatarmanac'h... Tu la connais, je crois ?

Son sourire en coin me faisait comprendre que je ne lui avais jamais parlé de mon Ombre.

— Aimée t'a envoyé un courrier ? Ma sœur ? Tu es certaine ? Mais pourquoi ?

Elle me regardait avec amusement :

— Elle m'a écrit que tu étais en Chine sur le chantier d'un barrage et qu'il devrait y avoir un poste d'ingénieur à prendre prochainement.

— Ah bon ? La lettre était datée de quand ?

— Il y a deux mois environ, alors j'ai fait une demande au service du personnel et je me suis tenue prête à venir te rejoindre.

— Mais personne ne pouvait savoir que Marx allait se pendre... Et comment elle savait pour nous deux ? »

Mais sincèrement, creuser ces questions, n'était pas ma préoccupation première, nous avions juste besoin de reprendre nos habitudes et c'est avec délice que nous avons remonté la douzaine d'années qui nous séparait. Il fallut bien plusieurs jours pour nous remettre à niveau.

J'étais à un an de la retraite, Benoîte avait encore neuf années d'activité à effectuer. Ma semaine de travail auprès d'elle avait goût de miel et je me suis trouvé totalement désemparé quand, un an après l'arrivée de BB, j'ai reçu ma signification de mise à la retraite... si vite !

Bernard Thallier avait fait sa demande de mariage officielle avec Mei à la famille Kang, et Benoîte, à la surprise générale, en fit de même pour moi, auprès d'Aimée. C'était une bien grande surprise parce que nous n'avions jamais abordé ce sujet. Enfin, pour être honnête, j'avais rejeté l'idée à cause de cette croyance populaire du jamais deux sans trois. Mais pour cet instant particulier, je me souviens encore des rires et de la joie chez les Kang à la demande de Benoîte. Jamais, je n'oublierai ce moment. C'était lors d'un voyage de plaisir à Pékin, le week-end où nous avons visité la fameuse armée de terre cuite à Xi'an, dans la province du Shaanxi.

— Et voilà, Corentin, comment j'ai revu Mao Zedong.

— Il était invité à votre mariage ?

— À nos mariages… les trois ingénieurs français se mariaient ; Bernard Thallier avec une Chinoise et les deux autres ensembles.

L'amour ? Une aubaine pour la propagande révolutionnaire. C'est Mao en personne qui célébra les deux mariages devant les caméras du monde entier, enfin, en Chine. En cadeau de mariage, le Grand timonier, dans sa grande générosité, nous offrit un laissez-passer sur tout le territoire et nous allions en faire bon usage.

Pendant quatre ans, Benoîte et moi avons parcouru ce pays extraordinaire par voie de chemin de fer, routes plus ou moi dangereuses et par les airs. Nous nous sommes aimés devant les plus grands, les plus beaux paysages du monde. Nous avons remonté l'histoire des diverses provinces à travers des monuments époustouflants. Les différentes ethnies portaient sur leurs costumes et dans leurs habitats leurs histoires de vie et de climats… C'était pour nous une encyclopédie ouverte. Chaque journée passée ensemble était lune de miel.

— Vous êtes allés au Tibet aussi ?

— Non, nous n'avons pas eu le temps, nous devions nous y rendre en compagnie d'Aimée, parce qu'il y a là-bas une médecine traditionnelle tibétaine intéressante à étudier.

Malheureusement, un sinistre jour, ma belle épouse s'est sentie fatiguée. Elle ne salivait plus devant tous ces mets succulents que nous dégustions avec délectation. Nous sommes partis très vite pour Pékin auprès de Zang Li et Aimée pour une batterie d'examens. Mais, c'était trop tard.

La lettre d'Aimée à Benoîte était arrivée à temps. Mon amour se savait atteint d'un cancer et au lieu de se soigner elle décida de me rejoindre en Chine. J'étais le seul homme qui avait compté pour elle et elle avait choisi de finir sa vie dans le bonheur. Pendant les deux mois qui lui restait à vivre, c'est elle qui m'a aidé à faire mon deuil en me racontant sa vie, ses sentiments pour moi dès le début de notre rencontre. Non, je n'étais pas sa béquille mais celui qui lui avait offert les plus grandes joies de sa vie. Non, ce n'était pas la malédiction de la troisième femme, mais ma Châtaigne et elle avait certainement été les femmes les mieux aimées du monde. Le jour décidé par elle, pour son grand saut dans l'autre monde, nous étions tous là, autour d'elle. La famille Kang, Bernard, Mei et Qiao, avons dîné, chanté et dansé, puis au coucher du soleil, les invités lui dirent adieu. Seuls Zang Li, Aimée et moi, qui lui tenions la main avec un sourire noyé de larmes, avons fait ce que nous devions faire pour elle. C'était son choix.

Toujours selon son désir, ses cendres furent dispersées en Mongolie, dans la région du Quinghai à Xiahe tout près d'un couvent de nonnes bouddhistes auprès de qui Benoîte avait passé plusieurs jours.

Pour la troisième fois, Corentin, je perdais ma femme. J'avais besoin de prendre du recul, de réfléchir vraiment au sens de ma vie. C'est à ce moment que j'ai rejoint le monastère de Nayan Gong, situé plus haut que mon école de taï-chi, et j'y suis resté, face au vide devant un paysage à couper le souffle. Sans même le savoir, je suis devenu moine bouddhiste. Je faisais tout comme eux, sans vraiment en chercher le sens… Je me sentais si bien que je me pensais prêt à rejoindre mes deux vrais amours là où elles étaient.

C'était sans compter sur la sagesse des moines qui m'attendaient. On dit que «quand l'élève est mûr, le maître arrive», et pour eux, mon temps d'errance touchait à sa fin, il était temps maintenant de chercher les réponses à mes questions. Je devais les trouver en moi et donc méditer sur le pourquoi et le comment de mon existence.

— Ooooh et vous avez trouvé ?

— Oui, c'est pour cela que nous travaillons ensemble, pour boucler la boucle.

— Comment cela, boucler la boucle ?

— Toute chose arrive en son temps, Corentin, en son temps !

Je suis allé m'accueillir à ma naissance et je me suis arrêté à toutes les étapes de ma vie jusqu'à ce qu'une vérité, une logique, une ligne se dessine pour moi et pour mon Ombre.

Lentement, j'ai compris que ma naissance et celle d'Aimée n'étaient pas un hasard. Voyez-vous, nous sommes jumeaux, notre existence était inscrite dans le grand tout. C'était l'évidence, nous avions un rôle à jouer et nous devions apprendre les règles, seuls. Chaque instant de notre destin, chaque choix, chaque rencontre nous menait vers un but précis. Celui pour lequel nous sommes venus au monde. À nous de veiller à ne pas nous perdre en chemin et éviter les miroirs aux alouettes.

J'ai compris que ma Reine des graines, dans son silence et dans ses choix, pressentait cela depuis fort longtemps. Aimée, en réalité, n'a jamais été mon Ombre, c'est moi qui suis la sienne. Je suis une sorte d'ange gardien, enfin, de garde du corps. Aimée est venue au monde pour une grande cause et moi je suis là pour lui faciliter la vie. C'est la seule raison pour laquelle je suis né dans cette famille précisément.

Ma famille avait maintenu la tradition ; mes frères et sœurs avaient plus ou moins trouvé leur place. Elle avait fait son devoir ; sauf, que je suis arrivé au monde. J'ai été conçu par une mère absente et un père qui voulait vérifier son degré d'humanité.

Je suis arrivé au monde sans tambour ni trompette, et Léo m'a élevé avec un amour inconditionnel, son bon sens et la générosité que vous lui connaissez maintenant. Mais surtout, elle m'a gardé en dehors de toute contrainte familiale. J'avais un nom, une éducation scolaire ce qui m'a permis de vivre honorablement et sans aucun devoir envers ma famille.

Elle était le lien direct entre Aimée et moi. Avec une sœur qui pondait un enfant à chaque marée dont Aimée, sauvée grâce à son autisme.

J'ajouterai que notre naissance entre les deux guerres, fut essentielle pour faciliter notre vie, celle que je vous narre d'une manière particulière, je vous l'accorde, Corentin. Mais toutes les époques et les événements étaient favorables à notre destin. À l'aveugle, enfin pour moi, j'avançais au gré des opportunités. Je pense qu'Aimée, elle, savait cela depuis toujours. Et je sais, aujourd'hui qu'elle œuvrait naturellement pour la cause.

— Quelle est cette cause Rohan ? De quelle manière elle œuvrait ?

— Elle choisissait les lieux précis où elle voulait s'installer. Elle a souvent fait les bagages pour me signifier un départ. Elle acceptait les femmes qui m'aimaient, et dans le cas de Benoîte, elle a fait en sorte de nous rapprocher. Je ne la savais pas capable de tirer ainsi les ficelles de ma vie. Par contre, elle détectait immédiatement celles et ceux qui auraient pu nous séparer.

— Et alors, que faisait-elle pour éloigner ces personnes toxiques ?

— Rien que la morale réprime au contraire, souvenez-vous, pendant plusieurs mois, elle a soigné Adèle après ce terrible accident... Plusieurs fois, elle a cherché à avoir des nouvelles de Nicole à l'hôpital Gourmelen lors de son internement. Je pense qu'elle me protège pour que je puisse la protéger.

C'est dans ce monastère que j'ai reconstitué le mandala de nos deux vies liées de la sorte.

— Elle vous a manipulé d'une certaine façon.

— Il y a toujours manipulation, même si ce terme a un caractère dépréciatif. Je parlerais plutôt d'influence mutuelle. Nous nous sommes mutuellement influencés en trouvant à chaque fois notre place. Les premiers déménagements ont été difficiles pour Aimée, et pourtant, nous avons fait presque le tour du monde. Et la Chine n'était ni le dernier ni le plus facile.

Deux ans après mon entrée dans le monastère, un moine venait me prévenir qu'une personne m'attendait à la porte de la salle de la compassion.

Aimée était là, être lumineux, debout face à l'abîme, paysages grandioses, émotions… petite valise à ses pieds… c'était un signal, il était temps pour nous deux de partir.

Nous sommes redescendus dans la maison anglaise et c'est là, avec Bernard et Mei, que nous avons ébauché notre grand projet. Celui pour lequel nous étions nés, Aimée et moi.

Et c'est quoi ce grand projet ?

À ce moment de notre récit, il était à l'ébauche. L'idée était tellement évidente pour moi que je suis resté sous pantoiserie et béatitude quelque temps. Aimée ? Elle attendait que je sois prêt.

Sur la route qui nous menait au Tibet, je laissais mon délire adolescent s'exprimer. Les idées fusaient plus loufoques les unes que les autres et s'entrechoquaient entre elles. La créativité était en marche et nous savions que les rêves n'ont pas de limite.

Aimée et moi avions soixante-six ans et toute la vie devant nous, n'est-ce pas ? Alors nous sommes restés dix-huit mois au Tibet. Pour tout vous dire Corentin, nous étions si bien là-bas que nous aurions pu y finir notre existence. Mais notre but prenait de la consistance et il fallait nous projeter dans l'avenir.

— En fait, vous êtes devenus bouddhistes ?

— J'ai une spiritualité empreinte de toutes les religions que j'ai croisées, chamanisme compris. Aucun attachement à un ordre quelconque. La philosophie, la poésie, l'art, l'histoire des civilisations, les relations humaines, tout ceci est suffisant pour se construire. À vrai dire, je n'ai jamais recherché un dieu pour me guider, ceux que j'avais testés ne me donnaient pas envie de leur faire confiance. Cela dit, nous gardons de cette philosophie bouddhiste la méditation, le travail sur soi et la notion du temps présent.

— Vous êtes resté dix-huit mois au Tibet ? Comment vous viviez là-bas ?

— Nous habitions dans un petit village qui donne sur le lac Namtso, une modeste maison typique du pays qui nous rappelait notre premier logement à Quimper. Les différences se distinguaient par les matériaux utilisés et l'orientation. Au Tibet elles sont obligatoirement orientées au sud avec de nombreuses et grandes fenêtres pour laisser entrer les rayons du soleil.

Nous vivions comme les gens du village, nous respections leurs coutumes et, pour cela, ils nous respectaient.

— Ils vous ont adoptés alors ?

— Je ne dirais pas ça, mais un de leurs chiens, oui. Il était noir et blanc sans type particulier. Nous lui donnions à manger, alors il y trouvait son compte. Je l'avais appelé « la perdrix ». Mon phare sur le toit du monde, je trouvais ça baroque et insolite. Du coup ce chien devenait important à mes yeux.

Aimée partageait son temps entre le récent Men-Tsee-Khang, l'institut de médecine et d'astrologie tibétaine. Leur médecine, pour faire plus simple, s'appelle la « Sowa-Rigpa ». Mon Ombre souhaitait ajouter à ses études une médecine qui rassemble les savoirs de la médecine traditionnelle chinoise et des anciennes médecines dites ayurvédiques indiennes, mongoles et grecques.

La première école médicale tibétaine avait été créée au VIIIe siècle, près de Lhassa, par un moine médecin du nom de Youthog Yeunten Gonpo. Comme toujours à cette époque, ce sont les religieux qui maîtrisaient les sciences, tout comme nos moines en Occident sauf que les nôtres n'ont jamais créé d'école de médecine occidentale, mais j'y reviendrais plus tard.

Comme toutes les médecines traditionnelles du monde entier, elles se sont développées, puis elles ont été interdites, voir détruites et elles se sont relevées de leurs cendres comme la nature qui reprend vie après avoir été détruite.

« La graine se souvient de l'arbre qu'elle sera ! » disait Lao Tseu.

Et puisque les Chinois ont autorisé le retour de cette médecine millénaire, le Tibet a rouvert des Men-Tsee-Khang. Aimée ne pouvait pas passer à côté de cette aubaine.

Ses grandes connaissances de la médecine orientale la dispensaient de certains cours et nous laissaient des grands moments de liberté. Grâce au laissez-passer, signé de la main même de Mao Zedong, nous avons voyagé dans toute la région, sous surveillance administrative, ça va de soi. Afin de faciliter nos déplacements, nous avions avec nous Gyalpo, un homme de notre village qui, depuis son enfance, parcourait les montagnes environnantes. Il avait une sorte de Jeep tôlée fabriquée en Iran, je crois, enfin, je ne suis pas très doué en voiture, mais Gyalpo était un génie en mécanique et fabriquait ses pièces de rechange. Il était à la fois taxi, transporteur, ambulancier, sauveteur… et promenait les touristes que nous étions et certainement les premiers de sa vie. Nous avons ainsi visité les plus grands monastères et lieux de pèlerinages du Tibet.

— Et le Potala ?

— Oui le plus grand mais d'autres qui, pour nous, étaient aussi impressionnants comme le monastère de Sakya à la frontière du Népal ou ceux de Tsurphu et Samye près de Lhassa. On peut dire que nous étions en prise directe avec les dieux sur ce toit du monde, presque en osmose. Oui… vraiment, nous aurions pu y rester !

Et puis un jour, devant rendre visite à une de ses tantes, Gyalpo nous invite à l'accompagner. Elle vivait dans un camp de base de nomades situé vers l'Ouest, du côté de Dongco.

La seule maison en dur parmi les tentes en poils de yack, était celle de Daku, la tante de Gyalpo. Elle était privilégiée parce qu'elle était une femme chamane.

Daku, nous attendait sur le pas de sa porte, les mains jointes. Une dame sans âge, vêtue de sa drokpa, la tenue traditionnelle des nomades. C'est une robe longue en peau de yack retournée, les poils à l'intérieur pour tenir le corps au chaud. Sans bouger, elle regardait Aimée avec une telle attention que je ressentais, à travers mon Ombre, une chaleur intense et apaisante.

Puis, après quelques minutes de cette introspection, elle invita la Reine des graines à l'intérieur de son logis. La porte resta ouverte et elles se tenaient au centre de la pièce, debout l'une devant l'autre. Daku parlait, Aimée écoutait, Daku s'agenouilla devant Aimée, interloquée. Puis Aimée en fit de même, face à Daku. Les mains jointes, Daku parlait en tibétain, Aimée ne disait rien. Elles se relevèrent, elles se saluèrent et se quittèrent.

La chamane vint se placer face à son neveu qui lui remit un paquet dans une sorte de sac en toile de jute. Ils échangèrent ensemble quelques minutes et se saluèrent.

Je demandais à notre compagnon ce qu'il s'était passé.

— Ma tante dit que ta femme est une très grande femme chamane, et qu'il est temps de rentrer dans votre pays pour faire tout ce que vous devez faire.

C'était probablement le signe que nous attendions.

Quelques semaines après, Gyalpo nous conduisait au poste-frontière de Kodari par la G 318 en direction du Népal. La route de l'Amitié qui va de Lhassa à Katmandou mais qui s'avéra, pour nous, être la route de l'enfer. Un taxi népalais nous attendait et, dès le départ, j'étais déjà mort de peur. Imaginez, Corentin, quatre-vingts kilomètres de crevasses et d'éboulements. Le nombre de carcasses de camions dans les ravins nous rappelait sans cesse que nous pouvions nous aussi faire le grand saut.

Enfin, à moi en tout cas, parce qu'Aimée, elle, ne bronchait pas. Elle regardait les paysages grandioses, la roche dans tous ses états, les vallées verdoyantes et moi, je ne voyais que les dangers. On croisait les solides camions *Tata* peints de couleurs vives et gaies, décorés de scènes religieuses où tous les dieux de la terre peuvent se côtoyer, mais aussi des animaux, des fleurs, des scènes de vies quotidiennes. Bourrés de marchandises, de voyageurs et de tous les dieux, ils grimpaient les côtes himalayennes à dix kilomètres heure et crachant plus de pollution qu'un cargo. Les conducteurs roulaient la main sur le klaxon, utilisant un avertisseur sonore différent pour chaque danger éventuel : la traversée d'un pont, l'amorce d'un virage, la volonté de doubler. Les croisements de véhicules me crispaient la mâchoire et bloquaient ma respiration. Je ne parle pas des engins en panne le long des routes et de ceux qui étaient tombés dans les ravins mais de ceux qui allaient y tomber.

Sept heures pour parcourir quatre-vingts kilomètres ; j'étais épuisé.

Le taxi nous déposa à Katmandou, devant l'hôtel Vaishali, au centre du Grand Thamel. Les chambres étaient petites, mais confortables à tel point que je dormis dix heures d'affilée. Aimée avait déjà fait un repérage des lieux à visiter. Il faut dire que le matin, il y avait beaucoup moins de monde et elle n'était pas bousculée par les touristes.

— Il y avait beaucoup de touristes ?

— Les babas cool du monde entier se donnaient rendez-vous sur les chemins de Katmandou, mais, ils étaient bien plus sensibles au coucher du soleil qu'au lever.

En milieu de matinée, je posai un pied en dehors de l'hôtel et je fus happé par une agitation invraisemblable. Une fourmilière ! Apparemment, chacun savait où il allait et ce qu'il avait à faire et moi, j'étais incapable de bouger. Je fis donc une deuxième sortie en partant directement dans la direction indiquée par le jardinier de l'hôtel. Assez rapidement je me suis laissé porter par la foule et je pus admirer cette ville ahurissante.

Le centre de Katmandou, Corentin, est incroyablement beau et uniforme dans son architecture. Palais, maisons, autels et temples sont construits en briques roses et en teck ciselé et sculpté. Je remontai la rue pour arriver sur *Durbar square,* lieu où se dressaient de nombreuses tours, chacune dédiée à un dieu particulier. De hauteurs différentes, les étages sont signalés par des toits en pagode, je n'avais jamais vu de tels édifices. La base de chaque ouvrage sacré repose sur des socles assez larges afin d'offrir un lit à quelques Sâdhus profondément endormis, des sacs de graines, d'épices ou autre marchandise.

— Toutes les religions se côtoient ?
— Oui. Le bouddhisme, l'hindouisme, l'islam, et peut-être d'autres ; je pense qu'ils ont au moins besoin de tous ces dieux pour les protéger et leur permettre de supporter les difficultés de leurs vies.

Après avoir repéré une marche libre, large et ensoleillée, je pris place. Bien installé, assis en tailleur, je commençai à calmer mon esprit, m'apprêtais à recevoir tout ce qui m'entourait. Pour ma part, dans ce type de méditation, ce sont les odeurs que je perçois en premier. Ici même, c'était un mélange d'épices, de graines, de céréales, de bois et de brique, mais aussi d'humeurs humaines et animales plus ou moins agréables. Puis, vinrent les bruits des machines qui grinçaient et des passants qui criaient, et parlaient dans toutes les langues, dont quelques-unes que je reconnaissais. Pendant que je laissais chacun des éléments m'envahir, une odeur de jasmin effleura mes narines. Les voix de deux femmes et un gazouillis de bébé, très proche de moi, attisèrent ma curiosité. J'entrouvris légèrement les paupières pour assister à un spectacle qui me marqua à vie. Une très jeune maman qui venait de déposer sur la marche, là où j'étais assis, son bébé de quelques semaines qui gigotait sur une couverture. Derrière elle, une femme âgée lui apprenait à masser l'enfant. La maman trempait une main dans un bol plein d'huile, puis entreprenait la palpation de chaque millimètre de chaque petit doigt de pied du marmot qui ne bronchait pas. Que s'est-il passé en moi ? À la moindre pression que cette maman appliquait sur les minuscules petits pieds de son enfant, je les ressentais dans mon propre corps et dans mon âme. Effleurements et pressions semblaient s'amplifier et diminuer avec une puissance que je n'avais jusque-là jamais ressentie. Chaque parcelle de mon corps semblait lâcher prise au passage des doigts de cette jeune femme.

Étranges effets ! Mon enveloppe extérieure ne bougeait pas et ma chair s'apaisait. Centimètre par centimètre, ces ondes remontaient le long de mon corps. Lorsque ses mains atteignirent mon sexe, elles n'eurent aucun effet corporel mais une force inouïe se propagea dans tout mon être. Mon cœur s'ouvrit lentement et libéra mes amours que j'avais si tendrement enfermés, mais pas seulement ; il lâcha aussi toutes les larmes qui s'y trouvaient. En silence, les pleurs de ma vie s'écoulèrent entre mes mains posées en offrande sous mon bas-ventre. Plus les massages remontaient vers la tête, plus les larmes coulaient. Combien de temps a duré cette séance, je l'ignore, mais, quand je repris conscience, le bébé était dans sa couverture, posé sur mes genoux, les deux femmes assises à côté de moi continuaient à parler entre elles sans même me regarder. Aimée, en face de moi, sous le temple de l'Amour, avec des scènes érotiques sculptées dans les boiseries, attendait avec sérénité que je reprenne mes esprits.

Je me glissai doucement vers le bord de mon promontoire et, au moment où j'allais poser mes pieds sur le sol, je vis un ver de terre qui se débattait pour survivre sur un sol en pierre, chaud et sec. Je pris ma gourde pour l'humidifier et le sauver, mais, une main stoppa mon geste. Un dernier soubresaut secoua le lombric et un pigeon, avec son bec, le fit disparaître.

[Quel étrange d'histoire, entre les mouettes, les Indiens et ce transfert de sensations, il m'entraîne dans un mode parallèle…]

— Vous allez bien Corentin ?

— Ces massages, c'est une étrange histoire que vous me racontez-à.

— N'est-ce pas ? Tout cela amène à réfléchir voyez-vous. Voyager, ce n'est pas seulement découvrir un autre monde ou rencontrer d'autres gens, non, c'est aussi aller à sa propre rencontre dans des lieux étrangers au sien, revisiter ses pensées, ses actes, ses croyances. Toute ma vie, pour ne pas souffrir, j'avais enfermé les personnes que j'aimais le plus au monde. Je venais de comprendre que l'amour, c'était surtout de laisser les autres partir. Ce petit vers de terre bouclait ma réflexion : respecter les choix de vie de chacun d'entre nous et assumer son karma. C'était pour moi comme une renaissance.

[« Respecter le droit de vie et assumer son karma » ? Ça ne correspond pas, et les morts suspectes qui jalonnent sa vie ?]

Le reste de l'après-midi, nous l'avons passé au *monument* symbole du Népal ; le fameux *Bodnath* ou *Bouddhanath*. Il est le symbole du monde, de la vie, et de l'initiation de l'homme pour atteindre le niveau supérieur. Il m'a bien fallu tout l'après-midi pour passer de la Terre au Ciel et comprendre les différentes étapes de ma propre construction.

— Vous êtes devenu un homme saint ?
— Oh que non, il y a un grand écart entre « Le savoir et l'être ». Cependant, je dois avouer que cette journée était particulièrement intense en émotion et instruction et qu'aujourd'hui encore, je pense à ces expériences sans en connaître véritablement le sens.

— Et Aimée ?
— Elle attendait que je sois prêt.
— À quoi ?

— À revenir à Loctudy.

Le lendemain, nous avons loué un taxi pour nous rendre à Pashupatinath, le lieu sacré et rêvé de crémation pour les hindous. Cet immense temple est dédié à Shiva, le Dieu destructeur et créateur dans la mythologie hindoue. Les touristes ne sont pas admis dans ce temple ni sur les Ghats qui servent aux ablutions et offrandes mais un pont nous permet de passer de l'autre côté de la rive.

C'est là qu'Aimée et moi nous installâmes face à un bûcher constitué de bois de banian prêt pour une incinération. C'est une affaire d'hommes, les incinérations. Les femmes n'y sont admises que pour la *Sati*, c'est-à-dire quand elles se jettent sur le bûcher de l'époux mort ; sinon leurs pleurs empêcheraient l'âme du défunt, enfin purifiée par le feu de monter au Nirvana. Nous étions assis, sans bouger à regarder la cérémonie, sans nous rendre compte qu'une poignée de Sâdhus s'était installée à côté de nous, un petit harmonium à vent posé par terre. L'un d'entre eux fit marcher le soufflet, un autre joua de la musique, tout ce petit monde d'hommes « saints » accompagnait ainsi l'âme du défunt par des chants, par des positions de yoga invraisemblables, comme celui qui portait une pierre de dix kilos avec sa verge pour nous montrer que son sexe ne servait plus à rien… Enfin, ce fut mon interprétation.

Vous pouvez rigoler Corentin, à vrai dire, je ne suis pas très intéressé par tous ces agissements.

Si je vous raconte cela, c'est parce que je bouclais en direct et en vingt-quatre heures tout un cycle de vie. Sur la rive du bûcher étaient les larmes et sur la rive opposée était la fête, l'aboutissement d'une vie.

Nous sommes rentrés à l'hôtel, et comme de coutume, Aimée donna le signal du départ. Nous étions en 1986, nous avions tous les deux soixante-huit ans, encore très jeunes et nous allions rentrer chez nous, à Loctudy.

Voilà Corentin nous approchons de la fin de cette biographie mais… ce n'est pas fini.

— Je pense bien, je voudrais connaître, enfin, votre grand projet. À ce jour, il est en place ?

— Oui, évidemment, et cette biographie en sera la mise en route et le point final. Mais la suite du récit est pour notre prochaine séance. Mes hommages à votre épouse Corentin.

Je retrouve Justine, la couturière du théâtre devant sa machine à coudre. Elle transformait une de ses robes pour un personnage de son prochain spectacle.

— Je suis à la bourre comme d'habitude, ce midi on déjeune à la crêperie, tu me raconteras la suite à table, on y va ? »

— Heu ! Oui, ça fait quand même la troisième fois cette semaine…

— Bon, asiatique alors ?

— Je préférerais tibétain mais bon, asiatique c'est pas mal.

En semaine de morte-saison, le restaurant réduit sa carte pour proposer des produits frais alors les beignets vapeur et un poulet croustillant avec des nouilles sautées feront l'affaire.

— Aller, raconte maintenant, combien de morts ?

— Une euthanasiée en phase terminale d'un cancer généralisé.

— Une bonne action alors !

— Je te rappelle que l'euthanasie est un crime en France.

— Certes, mais là ! C'était où ?

— En Chine !

— On ne va pas se fâcher pour ça, d'accord. En Chine, un crime sous Mao, reprend-elle en riant.

— Mais il s'agit de Benoîte, son amie de Saint-Malo !

— Ah bon, raconte alors…

Après un résumé de l'enregistrement, Justine me conforte dans l'idée que, plus ils vieillissent, et moins il y a de morts suspectes.

— Ce doit être la sagesse, conclut-elle en sortant sa carte bleue… Bon, on y va, j'ai du travail.

16ᵉ enregistrement : retour à Loctudy

Il est de ces moments étranges où la nature nous réserve des surprises. Par la corniche, je me dirige vers le château rose quand, soudain, je m'arrête. Je mets quelques secondes à réaliser que je suis dans un silence total. Pas de vent, pas de vague, et donc pas reflux sur le sable, la girouette du phare de la Perdrix est immobile, pas d'oiseau marin… ni terrien. La panique, je suis sourd. Une voix intérieure me rappelle : « respire, respire ». Cette sensation d'être seul au monde me panique, et au bout d'un temps qui m'a semblé infini, je vois les trois mouettes se diriger vers moi pour me rappeler, avec un bruit d'enfer, mon rendez-vous.

— C'est la première fois que vous êtes en retard Corentin, vous allez bien ? me demande Rohan avec une inquiétude réelle dans le regard.

Je lui raconte cette drôle d'expérience et il rit de bon cœur et me proposant des madeleines.

— Tenez, elles valent bien mieux qu'une séance chez un psy. Rassurez-vous, la nature a aussi besoin de silence pour se reposer.

Puis, dès que mon enregistreur fut en place, Rohan reprit son histoire, là où nous l'avions laissée.

En fin de matinée, le car L'Helgoualc'h nous déposa sur la place de la Mairie avec nos valises. Jeanne-Marie et Odile nous attendaient avec leur voiture.

— Et les mouettes ? Elles étaient là ?

— Non seulement elles étaient là, mais elles aussi sont venues nous accueillir et je vous assure que c'était la fête.

Deux jours après notre retour, Jeanne-Marie nous préparait un Kig Ar Farz dans la cuisine de Léo et nous présentait son cahier de comptes et les dossiers de tous les travaux et fournitures pour l'entretien du domaine. J'étais plein de reconnaissance et de tendresse pour ces deux femmes si fidèles et si compétentes. Désormais, nous étions une famille de quatre personnes et nous allions nous occuper les uns des autres. Le travail de ces deux femmes pour entretenir le château, le laboratoire d'Aimée, les jardins et le mur de la plage était remarquable.

En 1986, nous entrions dans la nouvelle révolution numérique et, pour nous, il était capital de nous y atteler. Tout le travail d'une vie de recherche sur les plantes devait forcément être informatisé et c'est le premier chantier que nous avons commencé.

C'est la Reine des graines qui a découvert un ingénieur informaticien, spécialiste des logiciels pour les herboristes et pharmaciens. C'est ce que Franck Darmon annonçait sur sa publicité dans une des revues spécialisées où elle publiait.

Quand il est arrivé au château avec son Alpine GTA rouge et ses lunettes de soleil du même style, les mouettes l'ont immédiatement détesté. Sa jeunesse exubérante, conquérante d'un monde nouveau qui bouleverserait l'humanité m'amusait. En fait, ce qui m'intéressait, c'était ses compétences et j'étais impatient de commencer.

L'idée de travailler dans un château, au bord de la mer, excitait le jeune homme comme une crevette dans la mare. L'endroit était « génial », le château « d'enfer », sa chambre « formidable » ; il fallut attendre le dîner pour apaiser son enthousiasme.

L'arrivée d'Aimée dans la cuisine l'avait fortement impressionné. Il connaissait sa haute réputation d'herboriste, mais il ignorait qui elle était. Il ignorait comment elle était.

« Ne soyez pas décontenancé Franck, Aimée ne parle pas, mais elle communique très bien. La seule règle, c'est de ne jamais la toucher.

— Personne ne vous a jamais touchée ? demanda-t-il à mon Ombre.

— Il ne vaut mieux pas, lui répondis-je, et, si vous êtes prêt, nous allons passer à table.

Le fait que nous prenions nos repas tous les cinq dans la cuisine ne correspondait pas à ses rêves de châtelain, et je dus le rassurer.

— Ne soyez pas étonné Franck, c'est notre pièce préférée. Toute notre histoire est là. Ce n'est pas parce que nous habitons dans un château que nous menons une vie de château. Ici, bat le cœur de notre famille.

— Vous êtes une communauté alors ?

— En quelque sorte oui. »

La discussion lors de ce premier dîner porta sur lui. Son père était menuisier à Combourg en Ille-et-Vilaine, lui avait fait des études d'ingénieur en électronique et s'était orienté vers l'informatique qui, pour lui, était l'avenir. Il avait travaillé pour plusieurs clients, dont trois laboratoires pharmaceutiques, et sur des logiciels de gestion de stock, entre autres, celui de ses parents. Le but de sa vie était de faire de la « thune » et de profiter à cent pour cent de sa vie. La nôtre, apparemment, ne l'intéressait pas du tout.

« Vous avez la télé au château où il y a des endroits pour s'amuser dans le coin ?

— À Pont-l'Abbé, il y a un cinéma et un café très fréquenté par les jeunes, et un autre sur le quai à côté du château. Vous trouverez également une boîte de nuit sur la route de Quimper *Le Calao* me semble-t-il !

Le dîner à peine terminé Franck leva le pied pour se préparer à sortir.

— Je compte sur vous à 9 heures demain matin ici même, nous devons commencer notre travail et nous organiser. Odile va vous donner les instructions pour les portes. »

Privilège de la jeunesse, Franck était à l'heure pour notre première réunion de travail et il avait hâte de nous montrer ce qu'il savait faire. Un demi-siècle nous séparait et cet écart semblait plus grand pour lui que pour nous. Quand nous avons commencé à parler matériel, il fut surpris par notre connaissance en matière de machines. Nous avions sélectionné IBM PC ce qui lui convenait fort bien, en revanche, lorsque je lui montrai le devis du matériel et de tous les branchements pour les mettre en réseau, il a semblé impressionné. Il n'y avait plus qu'à passer la commande chez le distributeur situé à Quimper.

Pour le logiciel, Aimée avait déjà préparé l'arborescence qui lui semblait nécessaire pour le traitement des données dont elle avait besoin.

« Vous êtes certain d'avoir besoin de moi pour votre projet informatique, demanda Franck un peu surpris par nos connaissances.

— C'est que nous ne savons pas encoder et nous sommes pressés voyez-vous ? Par contre, Aimée aimerait bien que vous lui montriez comment vous faites.

Le "oui" déconcerté de Franck laissait apparaître un certain malaise, il ne pouvait imaginer que deux personnes aussi âgées puissent se placer à son niveau de connaissances.

— Bien, dit-il, quand arrivera le matériel ?

— Dans trois jours, en attendant vous pouvez visiter la région, c'est un beau pays.

— Je préférerais apprendre à faire de la planche à voile, il y a un club ici ?

— Par la corniche à droite, vous passez le feu d'entrée du port à tribord, et après vous continuez jusqu'au terrain de camping. C'est là qu'est le centre nautique.

— Merci, dit-il en prenant son blouson de cuir et ses clés, je vais y aller en voiture. »

Après le claquement sec de la porte d'entrée, nous entendîmes un hurlement de rage qui nous fit sursauter. Très inquiets, nous nous sommes précipités dehors et avons assisté à une scène qui, rien que d'y penser, me fait encore rire ; Franck, furieux, faisait le tour de sa voiture maculée de fientes.

Les trois mouettes, perchées sur le rebord de la fenêtre, assistaient à la scène sans broncher et je ne pouvais pas imaginer qu'elles étaient seules à avoir déféqué autant sur une cible précise en une seule nuit. Le comportement hystérique de Franck était, pour nous, disproportionné par rapport aux dégâts, mais il traduisait quelque chose que nous n'avions pas encore analysé. Odile, amusée, s'approcha de la voiture avec un tuyau d'arrosage et d'une brosse douce pour effacer les offenses.

« Faut pas vous mettre dans cet état, monsieur Franck, dit-elle, en arrosant la voiture et en passant la brosse sur la carrosserie, c'est courant ici, on est au bord de la mer. La chance, c'est que les poissons ne volent pas, à cause des écailles, c'est plus difficile à enlever… Et puis, elle est tout de même très rouge votre voiture, ça attire. »

Son démarrage sur les chapeaux de roues fit voler les graviers dans notre direction sans faire de mal mais tout de même.

Le lendemain, au petit-déjeuner, j'eus une discussion cordiale mais ferme avec lui.

« Franck, vous n'êtes pas obligé de loger ici et de partager nos repas. Il y a des hôtels et des restaurants dans la région qui peuvent vous accueillir. Cependant, si vous décidez de rester, nous aimerions que vous nous respectiez, ainsi que notre environnement. Maintenant, si vous souhaitez revenir sur notre contrat, il n'y a pas de souci, nous avons d'autres candidats pour vous remplacer.

— Non, pas du tout, c'est juste que refaire la peinture de ma voiture ça va me coûter un bras…

— Vous avez raison, c'est juste une voiture, lui répondis-je en sortant pour lui laisser le temps de réfléchir. »

Lorsqu'il sortit du club de voile, le tuyau d'arrosage et la brosse étaient à la disposition de Franck. La voiture, à nouveau souillée, attendait sa toilette.

Les mouettes le survolaient tout en caquetant, ce qui ne devait pas calmer le jeune homme.

Le soir même, notre ingénieur s'excusait pour son comportement et se disait prêt à travailler avec nous. C'est ainsi que, le lendemain, nous avons préparé ensemble les postes de travail dans le grand salon, disposé les quatre tables en cercle et José Le Bec, notre électricien était là pour préparer les branchements et les prises nécessaires à notre installation.

« Pourquoi quatre postes, demande Franck ?

— Parce que, dans une semaine, trois étudiants en pharmacie viendront pour entrer les données dans notre logiciel. Le quatrième pour vous d'abord et Aimée ensuite qui validera le travail réalisé. Ça ira pour vous ?

— Oui je pense, si cela ne vous dérange pas, j'aimerais rester un peu plus longtemps pour vous aider à former ces personnes, voir comment le logiciel fonctionne et y apporter des modifications ou des extensions s'il y a besoin. »

Le lendemain matin, en attendant la livraison du matériel, Franck lava sa voiture, ce qui deviendra un rituel le temps de sa présence au château. Ça ne voulait pas dire que sa colère contre les volatiles se calmait, bien au contraire.

Dès réception des colis, le jeune homme prit le chantier en main. En fin de journée, tous les postes étaient installés, branchés et fonctionnaient en réseau. La planche à voile avait remplacé ses sorties en boîte et il se mit au travail. Complaisant avec Aimée, il lui fournissait la base du codage et lui expliquait son travail. En fait, il parlait tout haut et, sur un autre poste, la Reine des graines devint la reine de l'informatique. Le jeune homme ne pouvait imaginer qu'il avait devant lui un cerveau exceptionnel. Au bout de deux jours de travail collectif, elle l'interpellait sur une coquille, ce qui le surprit sérieusement. Ce phénomène se produisit plusieurs fois ; était-ce volontaire de la part de l'informaticien pour tester Aimée ou involontaire ; on ne le sait pas ? Par contre, lorsqu'elle découvrit une singulière combinaison de codes, qui n'avait pas de logique avec celui du logiciel, il se fâcha immédiatement. Aimée, comme d'habitude, resta impassible et le regardait droit dans les yeux. Il ne savait pas quoi répondre, il prit sa veste, quitta le salon de travail et monta dans sa voiture pour disparaître le reste de la journée.

Les trois jours qui suivirent furent sans incident. Le travail avançait bien, Aimée apportait une touche élégante à la présentation des pages, entrait un certain nombre d'informations dans la base de données afin de tester le fonctionnement, les tris, les caches, les menus déroulants, les sélections, les numérotations.

À la fin de la semaine, ils étaient fin prêts. Le dimanche, arrivèrent les trois étudiants en troisième année de pharmacie : Andréa, une jeune femme italienne bien enveloppée, Line, la blonde baba cool, et Saliman le prince des mille et une nuits. Ils sont arrivés tous les trois ensemble dans le *Combi Volkswagen* de Line. Odile distribua les chambres et invita tout le monde à 19 heures dans le petit salon pour les us et coutumes de l'établissement.

— Huit personnes dans le château, ça fait du monde !

— Odile et Jeanne-Marie accueillent les clients de la même manière, elles sont habituées. C'est comme cela que les gens de passage tissent des liens, ou pas… Nous sommes une maison d'hôtes, ce n'est ni un hôtel ni un restaurant et la moindre des choses est de prévenir Odile de son absence suffisamment tôt pour la préparation des repas. Le reste, c'est le respect des lieux et des autres.

La fraîcheur du soir était tombée et nous avions pris notre dîner dans la véranda. Les fruits de mer et le Muscadet sur Lie firent les effets escomptés sur la tablée. Chacun dévoila ce qu'il voulait bien livrer. C'est ainsi qu'Andréa nous proposa de cuisiner des plats italiens que sa merveilleuse grand-mère lui avait appris.

Line était elle aussi passionnée par les plantes, à tel point qu'elle avait conçu son petit garçon dans un champ de lavande, en Provence.

Saliman souhaitait être pharmacien pour travailler dans un hôpital. Il voulait faire honneur à sa mère qui était aide-soignante.

Pas de surprise pour Franck, le pognon et la belle vie…

« Je vais au Calao ce soir, vous venez les filles ? » lança-t-il en jetant un coup d'œil de connivence à Saliman.

Personne ne souhaitait sortir mais la proposition d'une promenade sur la corniche entre la cale du port et la plage se décida puisque la marée était basse.

Franck, ne voulant pas perdre la face, est parti en voiture. Quant aux jeunes, après avoir débarrassé la véranda ils prirent le chemin indiqué par Odile, agréablement surprise de l'aide spontanée de cette belle équipe.

— Ils étaient tous vos invités ?
— Oui, c'était dans nos arrangements. Logés, nourris et l'équivalent de 1500 euros pour la mission.

À part l'horaire du premier jour de formation, chacun travaillait à son rythme, ils avaient la même quantité de fiches à entrer dans la base de données. Les horaires des filles étaient calés sur ceux des marées descendantes pour profiter au mieux de la mer, Saliman était solitaire, studieux, et pratiquait discrètement sa religion. Son travail était sérieux et régulier.

Deux ou trois jours après l'arrivée des étudiants, Franck prit conscience que les mouettes continuaient leurs bombardements sur sa voiture sans jamais atteindre le Combi de Line, et ce, alors même qu'il changeait de place chaque soir en rentrant. Un matin, hors de lui, il sortit avec une carabine 22 long rifle et tira sur les goélands qui volaient au-dessus des arbres. L'un d'entre eux reçut une balle dans l'aile et tomba devant lui. Arrivé sur place, je lui retirai l'arme des mains et le priai de ramasser le goéland afin de le conduire immédiatement chez le vétérinaire à Pont-l'Abbé, ce qu'il fit. Sur ce, Odile récupéra l'arme, démonta le chargeur et devant mon étonnement, me dit qu'elle nettoyait toujours la carabine de son père, grand chasseur devant l'éternel.

C'est au moment où elle remit l'arme dans la chambre de Franck qu'elle repéra deux grosses enveloppes adressées à deux laboratoires différents. Elle contenait chacune un jeu de 6 disquettes avec les mêmes références. Puisque nous étions censés mettre les sauvegardes au coffre, il était probable que nous étions face à un vol d'informations. Sur les boîtes de disquettes, il était stipulé expressément de veiller à les tenir loin d'un aimant, au risque de détruire les données. C'est ce que je fis ; avec un aimant en forme de fer à cheval, j'effaçai les contenus des disquettes.

— Oh, c'est un roman d'espionnage que vous racontez -là ? Vous auriez pu vous séparer immédiatement de Franck.

— Tout à fait mais, en comité familial, chez Jeanne-Marie et Odile, nous avons décidé de le surveiller de très près. L'agence de sûreté

Coatarmanac'h était en place et un cahier d'heures sur les faits et gestes de Franck était ouvert dans la cuisine, bien caché parmi les cahiers de recettes de notre Léo.

Évidemment, nos moyens étaient limités, mais il était noté que, précédant notre surveillance, son « oncle » l'avait appelé deux fois au château et l'attitude de Franck n'était pas aussi décontractée qu'à son habitude. Je dirai même qu'il était contrarié.

Après chaque départ de notre « cible », soit le soir, soit pour faire de la planche à voile, Odile, sous prétexte de contingences matérielles, visitait sa chambre et notait tous les changements, déplacements et nouveautés. Par exemple, que la carabine avait été réarmée, que dans son sac de voyage se trouvait une enveloppe avec 50 000 Francs. Après un nouvel appel de son oncle qui semblait un peu violent, deux nouvelles enveloppes apparurent avec le double de disquettes à l'intérieur. Inutile de vous dire que ces disquettes subirent le même traitement que les précédentes.

— Tout de même, c'était dangereux avec une arme chargée en plus, vous ne craigniez qu'un moment de folie ou de détresse mette en danger tout le monde ?

— C'était un risque à courir.

Assez rapidement, nous avons reçu un appel du petit Adrien de Maupertuis... Enfin d'Adrien, mon beau-fils, qui, depuis notre séjour à Saint-Malo, avait bien grandi, et se trouvait, à quarante-quatre ans, directeur de recherche dans un laboratoire de produits de santé naturelle. Il avait en sa possession une grande enveloppe postée à Loctudy, ce qui avait attiré son attention. Dans cette enveloppe se trouvait une dizaine de disquettes particulièrement endommagées mais qui dévoilaient pourtant quelques données sur des plantes. Les présentations, les classements et les secrets de ces plantes ressemblaient de près au travail d'Aimée lorsqu'il partageait sa passion dans la cité corsaire.

« Ne t'inquiète pas Rohan, je vais faire la lumière sur ces envois piratés et je te rappelle. Transmets à Aimée mes amoureuses salutations. ».

– Ses amoureuses salutations ? dis-je à Rohan.

– Oui, le petit Adrien avait hérité de l'amour de son oncle pour ma Reine des graines, encore une chose qui ne s'explique pas. Ils ont toujours gardé le contact et elle l'a beaucoup aidé dans ses recherches. Aimée est une encyclopédie pour lui et un guide précieux.

Nous détenions donc la preuve que Franck faisait de l'espionnage industriel, et nous avons fait des photos des deux enveloppes suivantes. Nous avons consacré beaucoup de soin à pour détruire plus sérieusement les disquettes et nous avons remis à leur place.

– Vous êtes allé porter plainte à la gendarmerie ?

— Malheureusement, pas tout de suite. Franck avait posté les enveloppes aux deux laboratoires et chacun d'entre nous vaquait à ses occupations.

Trois jours après l'envoi des enveloppes, Aimée et moi avions rendez-vous à Rennes, dans un cabinet d'avocats spécialisés dans la création de fondations. Notre projet était en cours de réalisation et il restait quelques détails à régler.

Lorsque nous sommes revenus, Odile était dans un état de panique tel qu'elle nous narra, en breton, une histoire à laquelle nous ne comprenions rien... Quand elle eut fini, et voyant que nous restions impassibles, elle éclata en sanglots.

Sur le chemin, entre la gare de Quimper et le château, elle reprit ses esprits et nous expliqua qu'on avait retrouvé Franck, attaché à sa planche toute neuve, du côté de l'Île Tudy. Il avait une balle dans la tête mais, il s'était noyé aussi.

— Mais, je me souviens vaguement de cette histoire, mon épouse et moi étions en Égypte à ce moment-là, et je n'ai pas vraiment suivi l'affaire.

— Oui, ça a fait du bruit dans le pays.

Sur la route du retour, je me présentais spontanément à la gendarmerie de Pont-l'Abbé pour leur expliquer que Franck résidait chez nous et que nous avions avec lui une mission informatique qui était terminée. Il souhaitait prendre quelques vacances chez nous, faire de la planche à voile la plus grande partie de la journée. Par contre, il sortait tous les soirs et je ne connaissais pas ses activités nocturnes. Bien d'autres questions nous furent posées sur l'équipe qui travaillait chez nous, sur Jeanne-Marie, Odile, qui continuait à parler le breton et qui tremblait d'angoisse. C'est la première fois qu'elle mettait les pieds dans un endroit pareil.

Le lieutenant Traoulec, qui prenait notre déposition, m'informa de leur visite le lendemain matin et nous demanda de nous tenir à leur disposition ; ce que nous fîmes.

Vous allez être heureux, Corentin, il va y avoir une enquête de la gendarmerie cette fois-ci. Ce sera pour la semaine prochaine, je suis assez fatigué et je ne pouvais pas imaginer que le fait de remonter une partie de ma vie comme cela allait être aussi troublant.

— Troublant comment ?

— Aimée et moi avons traversé un siècle d'histoires croisées. La grande histoire qui bâtit un pays, la petite qui forge un être humain qui fait des choix plus ou moins heureux, seul ou à deux comme nous.

Après chacun de vos départs, je pense à ce que je vous ai livré, à ce que j'ai oublié, à ce que j'ai écarté, peut-être pour ne pas perdre trop de dignité ou me donner bonne conscience. Et en vous attendant, je rappelle mes souvenirs pour évoquer la suite. Oui, tout cela est troublant.

— Vous ne m'avez toujours pas dit pourquoi vous êtes dans une démarche biographique, et surtout pour qui ? Il m'est difficile d'échanger sur le fond avec vous, je reste plutôt sur la forme…

— Je comprends certaines de vos frustrations par mes manques de réponses, j'espère que vous trouverez les vôtres à la fin de notre travail et nous nous en approchons. En attendant, je vous souhaite une belle journée, Corentin.

En passant par la corniche, les propos de Rohan résonnent en moi, et se frottent avec ce que je répétais en tant que juge « Jurez-vous de dire toute la vérité… », et lui, il me cache une partie de sa vie, j'ai bien compris qu'il ne me livrait que ce qu'il avait choisi de dire. Il ne répond pas toujours aux questions. Il me répète souvent qu'il aime ne pas avoir de réponse à toutes ses questions mais, pour un ancien juge, ce n'est pas possible. Et pourtant, il m'a choisi parce que j'étais magistrat. Il y aurait une raison pour cela ?

C'est fou ça, j'ai passé ma vie professionnelle à rester sur les faits rien que les faits ; et maintenant que j'exerce cette activité, il me faut apprendre à rentrer dans l'âme humaine et y extraire les sentiments et les émotions. Pour moi aussi, c'est troublant tout cela.

— Je te sens perturbé, me dit Justine en venant à ma rencontre. C'est grave ?

Je lui fis le résumé de cette séance d'enregistrement et de mes réflexions ; de la difficulté que j'ai à équilibrer les spécificités un peu contradictoires de mes deux métiers. Il fait de moi le dépositaire d'actes répréhensibles tout de même !

— Tu vas aller jusqu'au bout de cette biographie et c'est à la fin que tu pourras te poser ce genre de question. Fais-toi confiance ! Tu sauras prendre la décision la plus appropriée comme tu as toujours su le faire, en attendant, je trouve cette histoire particulièrement romanesque.

17ᵉ enregistrement : le projet

En marchant vers le château rose, je savais que Rohan et Aimée ne seraient pas suspectés puisqu'ils avaient un alibi. Se trouver dans un cabinet d'avocats au moment où Franck est tué et s'est noyé, c'est du solide. Manquerait plus qu'il ait été empoisonné. Ce serait un grand rebondissement dans l'affaire...

La biographie se termine et le rituel d'accueil va me manquer. Toujours à m'attendre, toujours dans la cuisine, et une collation différente à chaque fois, mais, toujours aussi bonne. C'est bien notre dernière séance d'enregistrement, car Rohan me remet une deuxième enveloppe que je glisse pudiquement dans mon cartable.

Après une petite minute de concentration, Rohan commence.

À huit heures du matin, deux voitures de la gendarmerie stationnèrent dans le parc du château, l'une, devant, à côté des véhicules de Franck et de Line, l'autre, à l'intérieur, le long du grand perron.

Accompagnés par Odile, qui avait retrouvé l'usage du français, le lieutenant Traoulec, le brigadier Vasseur et deux autres gendarmes entrèrent dans le salon-bureau déserté ; nous étions tous dans la véranda en train de prendre notre petit-déjeuner. Je fis les présentations et les invitai à partager notre café, invitation qu'ils déclinèrent. Le lieutenant prit la parole :

« C'est quoi ces trois engins à plumes qui suivent madame Odile partout et qui nous surveillent depuis notre arrivée ? dit-il en montrant du doigt les trois mouettes face à une vitre de la véranda. Est-ce elles qui décorent la voiture rouge qui est sur l'autre parking ?

L'interrogatoire commençait par une note d'humour, ce qui eut pour effet de dédramatiser le moment d'inquiétude et de tristesse qui régnait dans le château depuis le décès de Franck.

— En fait, dis-je, la voiture rouge est à monsieur Darmon, et, pour une raison que j'ignore, des goélands s'acharnent uniquement sur sa carrosserie rouge. Quant aux trois drones à plumes, c'est un mystère de la nature... depuis ma naissance.

— Beaucoup de mystères à élucider du coup ! Nous allons commencer par le cas de Franck Darmon. Si vous vous voulez bien, le brigadier Vasseur va interroger vos trois invités un par un, et moi je ferai de même avec vous, votre sœur et les deux personnes qui travaillent auprès de vous ».

Nous installâmes le brigadier dans le bureau de mon père, et, en attendant leur tour pour les dépositions, les étudiants continuèrent leur travail en silence, sous l'œil vigilant d'un gendarme. Odile accompagna les deux gendarmes à l'étage, dans la chambre de Franck. Quant à nous, Aimée et moi sommes restés dans la véranda.

« Vous ne pourrez pas interroger ma sœur, elle ne parle pas et surtout, il ne faut pas la toucher.

— Elle n'a jamais parlé, demande le lieutenant ?

— Non, sauf le chinois mais dès que nous avons quitté la Chine, elle n'a plus parlé... J'ai bien peur que Franck soit mort à cause de nous, dis-je au lieutenant.

— Voilà une enquête qui risque d'être facile, racontez-moi ça ?

— C'est probablement un cas d'espionnage industriel. »

Je lui tendis le cahier d'heures que nous avions tenu dès que nous avions compris qu'il se passait quelque chose d'étrange. Se trouvaient aussi les photos prises dans la chambre du jeune homme.

Traoulec semblait surpris par notre initiative et prit le dossier.

« C'est qui "nous" ?

— Aimée, Odile, Jeanne-Marie et moi, et je lui ai raconté, toute l'histoire que vous connaissez Corentin depuis l'arrivée de l'arme à feu dans le château, l'apparition des premières enveloppes, de l'argent dans le sac.

Très impressionné par notre travail, Traoulec parcourut notre rapport, nous posa des questions complémentaires et s'arrêta sur les appels et visites de l'oncle.

— Sa présence est signalée à deux reprises, dont hier, à une heure qui pourrait correspondre à la mort du jeune homme.

— Là, c'est l'écriture de Jeanne-Marie, peut-être que la maisonnée peut vous en parler, moi je ne l'ai jamais vu. Ce que je peux vous dire, c'est que les conversations téléphoniques avec son oncle étaient plutôt tendues. Nous n'entendions que les éclats de voix.

— Vous formez une drôle d'équipe à vous tous, ça pourrait même paraître suspect. Je peux téléphoner. »

— Je conduisis Traoulec dans la cuisine pour téléphoner tranquillement et il eut la même émotion que vous la première fois que vous êtes entré Corentin.

— À ce stade de l'enquête, le dossier était presque ficelé, il ne restait pas grand-chose à faire dis-je en bon professionnel.

— C'est ce que je croyais mais, quand le lieutenant est revenu, il y eut de nouveaux éléments qui nous compliquèrent la vie. D'après les résultats de l'autopsie, il n'y avait pas seulement une balle dans la tête, on trouva aussi une balle sous le bras droit qui avait transpercé le poumon. Les balles avaient été tirées d'une hauteur qui pouvait correspondre à la fenêtre de la chambre d'Aimée.

La gendarmerie scientifique et la balistique étaient en route, l'enquête pouvait changer de direction. Nous étions conviés à dégager les lieux pour la journée et leur laisser le terrain libre pour les analyses et autres recherches.

À notre retour, en fin de journée, avec le rapport de la balistique et les dépositions de tout le monde, le lieutenant Traoulec nous réunit dans la véranda pour nous annoncer que c'était bien l'arme de Franck qui avait tiré sur la victime, et par la fenêtre de la chambre d'Aimée.

« Ça ne peut-être que l'un ou l'une d'entre vous.

— Et l'oncle! reprit immédiatement Odile qui ne pouvait pas imaginer une seconde que son monde puisse tuer.

— Le portrait-robot que vous avez fait va nous aider certainement et nous comptons bien sur cette piste pour avancer dans l'enquête ; cependant, je dois approfondir vos emplois du temps avec plus de précision, car entre le moment où Franck Darmon est descendu sur la corniche avec son matériel à 14 h 15 et celui où il a été tué, il n'y a même pas dix minutes. Or, d'après votre déposition, c'est le moment où vous, monsieur Al-Mahdi, vous avez quitté le groupe pour monter dans votre chambre.

Saliman, dans un calme absolu, prit la parole.

— Je suis monté à exactement 14 h 05 dans ma chambre pour faire mes ablutions rituelles avant de pratiquer la troisième salat de la journée.

— Et pourquoi en êtes-vous si sûr à la minute près ?

— Parce que le début de la prière ici à Loctudy est à exactement 14 h 13.

— Et il y était à cette heure précise et pendant au moins 15 minutes, reprit immédiatement Jeanne-Marie.

À la surprise générale, tout le monde regarda l'intervenante avec stupéfaction.

— Et comment pouvez-vous être aussi précise, interrogea le gendarme.

Le visage empourpré, Jeanne-Marie tournicotait son mouchoir et mit une longue minute avant de répondre.

— Je suis très souvent dans le jardin du Bon Dieu et j'ai remarqué très vite que monsieur Saliman faisait ses prières avec tant de sincérité que ça m'a ému. Naturellement, je me suis mise à prier mon Dieu trois fois par jour avec lui. Oh il ne me voyait pas, je me cachais... Il était si calme, si pénétré... j'ai pensé que lui, en priant son Dieu et moi le mien en même temps, ils finiraient tous par nous entendre. Ce jour-là, comme les autres jours, et pendant que monsieur Saliman priait, monsieur Franck se faisait tuer et depuis, je me demande si tout cela n'était pas un péché. »

— Je vous assure, Corentin, le temps est resté suspendu sous la véranda.

— Il ne restait plus que la piste de l'oncle ?

— Oui, la gendarmerie avait commencé à suivre la trace de l'espionnage industriel. Les deux laboratoires ont fait l'objet d'enquêtes par leurs collègues sur place. Adrien a confirmé ce que nous avions déjà dit et pensait avoir vu l'homme sur le portrait-robot sans savoir qui il était. Pour une raison que j'ignore, l'enquête s'est arrêtée là. Sur ordre, m'a-t-on dit. Et Adrien a été licencié.

— J'ai malheureusement constaté cela dans ma vie de juge, et je ne suis pas surpris que des grandes entreprises puissent faire taire la justice. Mais pourquoi licencier Adrien ? Je ne comprends pas.

— C'était un mal pour un bien, il avait l'intention de venir travailler à la fondation, il est donc parti avec une belle indemnité.

— De quelle fondation parlez-vous Rohan, c'est votre projet ?

— Oui, et à l'heure où je vous parle, ce n'est plus un projet mais une réalité. Cependant, le temps est venu pour moi de vous parler du pourquoi de notre projet et des outils que nous avons mis en place.

Voilà l'origine de tout

L'homme fait partie de la nature et tout dans la nature lui permet de vivre, de manger et de se soigner. Déjà, les hommes préhistoriques le savaient. Chaque tribu, chaque clan avait un homme ou une femme connaissant des plantes qui guérissaient. On sait qu'au cours de déplacements, de changements de territoire, de voyages, de contacts avec d'autres humains, chacun s'enrichissait des savoirs de l'autre. Toutes ces connaissances se transmettaient de génération en génération.

Des hommes ou des femmes, depuis la nuit des temps, se sont déplacés dans les différentes parties du globe. Ils s'appelaient sage, mage, druide, chaman, homme ou femme médecine, sorcier, guérisseur… tous connaissent le secret des plantes pour soigner le mal et les blessures.

On les craignait, ils faisaient peur parce qu'ils avaient le pouvoir de vie ou de mort et aussi parce qu'ils communiquaient avec leurs dieux qui les aidaient dans leur pratique.

Je vous ai parlé du *Capitulaire de Villis* signé par Charlemagne, n'est-ce pas, et il me semble que c'est à ce moment-là que notre médecine traditionnelle occidentale s'est quasiment arrêtée de progresser et ce, pendant des centaines d'années.

Au VIIIe siècle, par ce document, Charlemagne, fit entrer dans les monastères les quelque quatre-vingt-dix plantes, arbres et herbes qui leur permettaient de manger et de soigner. L'empereur, par cette ordonnance, sommait les moines de soigner non seulement les âmes, mais aussi les corps. C'était une façon pour lui d'éradiquer les anciennes croyances et de convertir au catholicisme. Au fil des siècles, les moines finirent par brûler presque tous les guérisseurs hérétiques, sataniques ; enfin, surtout les sorcières, et avec eux, leurs secrets ancestraux.

En Orient, au Moyen-Orient, en Égypte, en Chine, en Inde et ailleurs la médecine et la chirurgie évoluaient constamment. Pendant que les Chinois pratiquaient des transplantations, nous en France ou en Europe, on se contentait de prendre le pouls, lire dans les urines et les sécrétions des malades et on les saignait.

— Pourquoi en sommes-nous arrivés là ?

— Qui dirige les hôpitaux, les léproseries, les asiles, les écoles, les universités de médecine ? Qui conserve les traités, les documents les livres qui datent de bien avant l'arrivée du christianisme et bien après ? Les moines !

Un exemple parmi tant d'autres : Imaginez que le « Papyrus gynécologique *Kahum 28* » qui date de presque 2 000 ans av. J.-C. et qui traite les maladies des femmes et des secrets de la conception tombe entre leurs mains ? Ils le brûlent ou au mieux, ils le cachent !

Tenez, encore, en Égypte, au XXVIIe siècle toujours av. J.-C., une femme nommée Peseshet était médecin. Elle était responsable des femmes médecins et décernait des diplômes de sage-femme dans son école. Où en sommes-nous aujourd'hui ?

Nous avons vécu là, une grande période de stagnation médicale due à la religion et son enfermement dans le dogme et l'obscurantisme. Le pire, c'est que nous en subissons encore aujourd'hui les effets désastreux, surtout pour les femmes.

Heureusement, tout n'avait pas disparu. Au grand dam de la religion, le monde rural a toujours continué à se soigner par les plantes, faisant appel aux guérisseurs, passeurs de secrets, herbiers, puis aux herboristes. Ces fonctions sont encore associées à du charlatanisme, dédaignées et dénigrées par la médecine officielle mais, elles restent encore bien vivantes dans les mémoires.

Au cours du XIXe siècle, la chimie a permis d'extraire des composés de plantes pour fabriquer des médicaments comme la morphine avec le pavot, la quinine à partir de l'écorce de quinquina, l'aspirine avec le saule blanc ou la reine-des-prés. Sans les plantes, ces principes actifs n'existeraient pas et pourtant, depuis ces grandes découvertes nous sommes sur une nouvelle extinction de la médecine naturelle. Cette extinction n'est plus du fait des religieux, (si l'on écarte ces quelques illuminés religieux et spirituels extrémistes qui refusent les vaccins, les transfusions ou autres soins) mais, sur l'argent, le nouveau dieu du monde moderne.

Après le *Capitulaire de Villis* qui plaçait la médecine sous le ministère de Dieu, voilà que Pétain signait, en 1941, l'arrêt des formations d'herboristes et plaçait la médecine entre les mains des laboratoires. Par cette signature scélérate et tout comme Charlemagne, par l'obscurantisme ou l'appât du gain, il a programmé la mort des médecines naturelles sur le bûcher de ces puissants lobbies.

Ne croyez surtout pas, Corentin, que je dénigre ou que je ne reconnaisse pas les avancées extraordinaires de la médecine moderne. Mais nous pensons que toutes les formes de médecines doivent coexister. Malheureusement, les laboratoires sont si actifs auprès des politiques, si féroces et si efficaces qu'ils pervertissent le système et font voter des lois qui visent à rejeter ce qui est naturel. La gangrène est à tous les niveaux puisque *l'Organisation Mondiale de la Santé* est de plus en plus financée par les laboratoires et les grands industriels.

Pour exemple, je vais vous parler d'une plante extraordinaire et qui est le symbole de ce qui peut s'organiser de pire dans des laboratoires. Si les médicaments sont faits pour soigner, ils sont surtout là pour faire beaucoup d'argent. Cette plante merveilleuse est *l'Artemisia annua*, (l'armoise annuelle), elle pousse là où il y a la malaria ou le paludisme. Avec les autochtones et les personnes qui voyagent, il y a de plus en plus de cas dus à cette infection.

Or, en 1970, Tu Youyou, une scientifique que nous avions rencontrée à l'université de Pékin, menait des recherches sur les remèdes traditionnels chinois touchant cette maladie.

Elle découvrit les grandes propriétés antipaludiques de l'artémisinine. Après plusieurs années de recherches, elle conçut un médicament particulièrement efficace, *l'Arthéméter,* dérivé justement de l'artémisinine et de la luméfantrine qui se trouve être un autre médicament chinois. Pour ses travaux et parmi ses nombreuses récompenses du milieu médical et pour l'ensemble de ses recherches, Tu Youyou reçut en 2015 le prix Nobel de médecine. Ce qui veut dire que depuis plus de quarante ans, nous pouvons soigner, efficacement et pour une somme modique cette maladie qui touche près de 200 millions de personnes par an et pourtant 450 000 personnes décèdent encore chaque année.

— Mais il existe des vaccins et des traitements, Justine et moi en avons pris plusieurs fois pour nos voyages. Ils sont hors de prix du reste.

— Voilà, c'est ce que je voulais vous démontrer. Les traitements sont chers, pas toujours efficaces, car il y a accoutumance à certains principes. Les populations locales n'ont pas les moyens d'acheter les vaccins et les traitements et sont gravement touchées, mais les labos peuvent compter sur les millions de voyageurs qui parcourent le monde entier... Vous voyez où je veux en venir ?

— Il me semble avoir lu des articles sur ce sujet il n'y a pas si longtemps que cela, je pensais que ce choix avait été fait.

— Sous la forte pression des professionnels de médecine naturelle et avec la population qui revient de plus en plus vers des soins traditionnels, l'OMS recommande, avec des pincettes, l'utilisation de cette plante seulement depuis 2005. Les laboratoires apportent des petits changements à leurs traitements de base mais pas suffisamment. Il ne faut pas tuer la poule aux œufs d'or. Sauf que, maintenant, une grande partie de la population a compris leurs stratégies et recherche d'autres façons de se soigner. Ce qui laisse, je vous l'accorde, la part belle à quelques charlatans.

Enfin, je ne voudrais pas passer pour un complotiste cependant, comme le disait Franck Darmon, «l'informatique c'est l'avenir» et les agissements des laboratoires et des entreprises ont de moins en moins de secrets.

L'aboutissement

Nous allons revenir en arrière, lorsque j'étais dans mon monastère de Nayan Gongen en Chine. Vous vous souvenez, Corentin, c'est là que j'ai fait un point sur le but de notre vie. Eh bien, nous venons d'aboutir.

Nous avons mis du temps parce qu'il nous fallait trouver des appuis techniques et financiers pour créer la «Fondation Aimée de Coatarmanac'h». Elle a pour but de sauvegarder, étudier, diffuser, transmettre les médecines traditionnelles et leurs composantes afin d'offrir aux malades le choix de leurs soins.

— Holà, vous allez vous attirer les foudres du corps médical tout entier et des laboratoires.

— C'est bien pourquoi nous avons fait cela plutôt discrètement.

— Et vous avez trouvé des fonds pour mettre en place votre projet?

— Oui, sans faire appel aux deniers de l'État français; et nous avons récupéré beaucoup d'argent, en tout cas suffisamment pour tenir plusieurs années.

— Concrètement, comment vous faites pour atteindre les buts de la fondation ?

— Nous avons créé l'UMMT (Université Mondiale des Médecines Traditionnelles). Les pays concernés ont tous participé à ce projet et délégué des professionnels. C'est ainsi que Tang Kang, qui faisait ses études avec Aimé, est le directeur et professeur du centre de la médecine traditionnelle chinoise. Bernard Thallier, mon ami ingénieur, s'est chargé de l'achat des bâtiments, des transformations, aménagements et de tous les travaux. Mei, son épouse, donnera des cours de chinois aux étudiants pour faciliter leur apprentissage. Qiao, la fille de Mei, qui a fait des études de droit et gestion internationale, gère la partie financière et réalise une veille technologique et concurrentielle dans notre domaine. Adrien, qui nous aide dans le projet, est responsable du laboratoire de recherche. Il a repris les travaux d'Aimée sur les produits cosmétiques. Pour la médecine ayurvédique, la famille Tabor, qui n'a rien à voir avec le poète du même nom. Les Nations amérindiennes vont nous rejoindre dans quelques mois.

Le dernier projet que nous venons de signer, avec l'aide des Russes ; le château sera, après de gros travaux, transformé en centre d'accueil médicalisé pour les personnes qui veulent se soigner par le jeûne. Mon ami Bernard s'occupera du chantier, peut-être aurez-vous le plaisir de le rencontrer ?

Et nous restons ouverts à toutes les autres disciplines.

Samedi, aura lieu notre première convention à l'hôtel abbatial de Bénodet et à cette occasion, nous convoquerons la presse spécialisée. Aimée et moi bouclons ainsi notre aventure.

— Votre secret était bien gardé, Rohan, je n'ai jamais entendu parler de votre fondation.

— C'est le but. Si le projet avait été ébruité, nous n'y serions jamais arrivés, nos ennemis sont très puissants.

— Pas à ce point-là tout de même…

— Ils font en sorte que les formations d'herboristes ne soient pas rouvertes. Ils veulent interdire certaines plantes médicinales.

— Et vous, vous allez pouvoir les contrer ?

— Nous savons qu'ils n'hésiteront pas à nous attaquer mais nous sommes prêts à leur faire face.

— C'est un projet ambitieux, vous allez procurer du travail à combien de personnes ?

— Sur les quatre sites, pour l'instant il y a une cinquantaine de personnes et le nombre grandira en fonction de l'activité.

— Quatre sites ? Où sont-ils ?

— Le laboratoire, la recherche et la formation en herboristerie sont en Provence. Nous avons acheté une distillerie avec des bâtiments industriels que nous avons aménagés et, par pur hasard, une ancienne clinique que nous avons transformée en chambres pour les étudiants et hôtel pour nos visiteurs. Dans le Lot, nous avons trouvé un monastère qui est parfait pour la formation des médecines traditionnelles. Le château rose qui deviendra le «Centre Coatarmanac'h», dédié à la diététique et au jeûne médicalisé. Quant au siège de la fondation, il se trouve à Rennes.

Voilà Corentin le point final de la famille Coatarmanac'h et, maintenant, je répondrai à toutes vos questions.

[Je ne m'attendais pas à un projet aussi grand! il disait quoi avant de commencer la biographie? «Je suis un homme ordinaire» étrange définition d'ordinaire].

— Heu… oui, en ce qui concerne votre famille, que devient Clitorine?

— Ah! Mon samedi! Elle s'est éteinte en 1997 comme elle a vécu, dans la discrétion la plus totale. Et puisque nous parlons de la famille, Jeanne-Marie nous a quittés il y a dix ans et Odile six mois. Elles me manquent terriblement.

— Pardon pour mon impertinence, Rohan, mais c'étaient des jeunettes par rapport à vous. Elles sont mortes de quoi?

— Le cœur pour Jeanne-Marie et un cancer du sein pour Odile!

— Vous les avez aidées à partir?

Ma question directe surprit Rohan, qui mit un certain avant de répondre :

— Oui… comme ma Léo… elles nous l'ont demandé et nous les avons aidées.

En prononçant ces mots, les yeux de Rohan s'emplirent de larmes que je voyais rouler sur ses joues pour la deuxième fois.

[C'est le moment pour moi de poser les questions qui me taraudent depuis le début de cette biographie, il ne faut pas que je laisse passer ce moment]

— Il y a d'autres personnes que vous avez aidées de la sorte ?

— Oui en connaissance de cause, Benoîte.

— Vous avez aidé à partir les quatre personnes que vous aimiez le plus ?

— C'est justement parce que je les aimais que j'ai accédé à leurs demandes. Nous devrions tous pouvoir choisir le moment de notre mort.

— Rohan, depuis le début de votre biographie, j'ai noté au bas nombre une quinzaine de disparitions suspectes. Je vous ai régulièrement posé des questions sur ce sujet, mais vous les avez toujours éludées. Pour autant, je pense que pratiquement tous les récits que vous avez sélectionnés tournent autour de ces personnages, comme si vous ne vouliez pas les oublier. On peut en parler ?

— Oui, le moment est venu de raconter.

J'ai longtemps pensé que j'avais de la chance, car à chaque fois qu'une personne nocive s'approchait de moi, elle disparaissait de mon entourage. Pour exemple, monsieur Gouasdec, mon prof d'histoire-géo au collège qui voulait abuser de moi sexuellement ; il est mort subitement d'un problème aux reins mais, il souffrait déjà d'insuffisances rénales. Dans mon esprit, j'imaginais que, pour faire plaisir à Mère, le Bon Dieu me protégeait et que la justice divine frappait. Cependant, l'accident de Châtaigne et de mon bébé contrariait le fil de ma pensée, pourquoi me protégeait-il du mal et éloignait-il celles et ceux qui me faisaient du bien ? « Les voies du seigneur sont impénétrables » me disait Léo pour apaiser mon chagrin mais, rien n'y faisait et, rapidement, j'ai commencé à douter de la justice divine. D'un autre côté, je n'avais jamais imaginé que toutes ces personnes de mon entourage pouvaient mourir d'autres choses que d'un accident de la vie.

— Et aujourd'hui, qu'en pensez-vous ?

— J'ai des doutes et vous pensez bien !

— Rohan, d'après vos récits, et en plus de quatre euthanasies avouées et peut-être plus, il y a un certain nombre de suspicions pour les autres victimes ?

— Quand j'ai lu l'article du journal sur vous, un juge, qui était devenu biographe privé, et qui plus est, mon voisin, j'ai pensé que c'était un signe. J'ai immédiatement pensé qu'il me fallait faire ce travail de mémoire.

— Pourquoi, Rohan ? Pour quoi et pour qui ?

— La première raison officielle est que nous sommes Aimée et moi les derniers Coatarmanac'h.

Le nom s'éteindra avec nous et c'est une manière de mettre un honorable point final à notre lignée. C'est aussi rendre hommage à Aimée ; témoigner de l'immense travail qu'une personne atteinte de cette maladie puisse réaliser et rendre un si grand service à l'humanité. Ce Capitulaire d'Aimée, qui, contrairement à celui de Charlemagne, ouvre les portes à l'humanité toute entière et donne aux malades le choix de la médecine qu'ils souhaitent pour se faire soigner et elles sont toutes complémentaires. Il est la base sur lequel notre projet repose. Il est la véritable biographie d'une Reine des graines, d'une herboriste extraordinaire, avec ses zones d'ombres et ses grandes lumières.

Une autre raison, plus intime, est qu'Aimée continuera à vivre à travers la fondation et moi, son ombre, sur ce que j'ai finalement fait tout au cours de ma vie. La raison finale repose sur tous les soupçons que vous levez et dont je n'avais pas pris conscience ou pas voulu regarder en face. Je n'ai pas vraiment de réponses et si réponse il y a, ça tombe dans la prescription légale. Par contre, je prends l'entière responsabilité de l'assistance à la mort de Léonie Kervelec, Benoîte Bonory, Jeanne-Marie Lecorre et Odile Scouarn.

[Il couvre Aimée ! je le savais !]

Le silence qui s'installe entre nous est pesant et c'est Rohan qui le brise.

— Comme je vous le disais, notre convention aura lieu samedi prochain à l'hôtel abbatial de

Bénodet. Pourriez-vous me porter deux manuscrits ce jour-là, un pour Aimée et moi et l'autre pour la fondation. Cela me permettra également de vous présenter Aimée et des personnes que vous connaissez bien maintenant. Vers 16 heures, avec votre épouse, je peux compter sur vous ?

— Je viendrai sans Justine, c'est la répétition générale de son spectacle ce jour-là.

— Et bien Corentin, à samedi pour notre grand jour, me dit-il en se levant et en me tendant la main.

Arrivé au petit portail qui donne sur la corniche, je me retourne pour regarder ce château rose encore digne malgré son délabrement, érodé par les vents, tempêtes et pluies. Il sera sauvé et c'est tant mieux. Les trois mouettes me raccompagnent jusqu'à la maison puis me quittent pour retourner vers le sud ; comme un idiot, je leur fais un signe. Je retrouve mon épouse dans le salon, lisant les nouvelles du jour. Elle me regarde et devine mon trouble ; quelque chose ne va pas ?

— Il a avoué, Justine, il a avoué ! Et je me sens mal.

— Tu parles en juge ou en biographe ?

— J'ai cinq jours pour les mettre d'accord tous les deux.

Évidemment, je lui raconte notre dernier enregistrement :

— Je suis censé lui remettre sa biographie lors de leur convention samedi à 16 heures à l'hôtel abbatial de Bénodet.

— Chouette, je vais enfin voir l'abbaye de Bénodet.

— Non, toi tu es censée organiser la répétition générale de ta pièce de théâtre, je ne veux pas te mêler à ça.

— Oh, là, c'est le juge qui me parle. Tu as déjà décidé de ce que tu allais faire ?

— Oui et non, c'est un cas de conscience pour moi ; mais dans le doute je préfère ne pas te mêler à cette histoire.

Ce samedi matin, je fis relier quatre exemplaires de la biographie, et, un peu avant l'heure prévue j'arrivais devant l'hôtel. La presse était là, et je n'avais pas imaginé l'importance de cet événement. Les presses étrangères de Chine et de Russie et des chaînes Européennes dont deux françaises se bousculaient. Certains journalistes de la presse régionale et locale m'interpellèrent pour connaître mon rôle dans cette fondation. Je ne leur répondis pas, mais j'étais impressionné.

Je me présentais devant les invités des Coatarmanac'h avec une grosse enveloppe sous le bras. Rohan et Aimée s'avancèrent vers moi. Je n'eus d'yeux que pour cette femme, immarcescible, incroyablement belle et rayonnante sous la lumière de fin d'après-midi. Elle fait presque la moitié de son âge, un corps ferme, un visage lisse et impassible. Lorsque ses yeux accrochèrent les miens, ma gorge se noua, mon estomac se rétracta, ma tête se vida… elle me parlait. Pas avec des mots, non, elle communiquait et je ressentais ses pensées. Le temps sembla s'arrêter, mais pas mon cœur qui battait la chamade, j'avais la tête qui tournait. Je ne respirais plus, mais j'entendais.

Rohan, dans notre silence, récupéra le paquet contenant les deux exemplaires commandés et qui tentait de s'échapper de mon bras et nous laissa en pleine confidence.

Je compris Adrien et son amour pour elle, Rohan qui, dès son premier regard sur la petite fille, fit en sorte d'accompagner sa vie. Je compris pourquoi Rohan ne voulait pas me présenter sa Reine des graines. J'étais subjugué par cette femme, à moins que je tombe tout simplement amoureux.

Les participants étaient distingués et sobres. Ils semblaient passionnés par leur sujet, il régnait dans cette assemblée d'horizons différents une ambiance sereine et palpitante à la fois.

Dans l'après-midi, tous les sujets concernant la fondation avaient été abordés. Lorsque Rohan prit le micro, ce fut pour me présenter à tous ses amis que je connaissais plus ou moins à travers le travail que nous avions réalisé ensemble. Espiègle, il raconta quelques anecdotes sur notre rencontre et le plaisir qu'il avait de m'avoir rencontré. Ses amis m'applaudirent, ce qui me gêna beaucoup et l'envie de m'éclipser m'envahit. Je me devais d'écouter les personnes qui avaient toutes des choses à raconter sur Rohan et Aimée et dès que je le pus, je saluai Rohan et posai un dernier regard vers Aimée qui me fit ses adieux.

Je repris la route de Loctudy avec une boule au ventre.

J'avais remis à Rohan de Coatarmanac'h les tapuscrits que j'avais terminés la veille. Le troisième était dans ma voiture, adressé à François Gallois, le Procureur de la République qui le recevrait probablement en début de semaine prochaine. Le quatrième était sur mon bureau.

Tout le long du chemin, je planais à hauteur des mouettes et je situais Aimée entre les lignes de la biographie. Je réalisais les nombreux effets que sa personne pouvait provoquer sur les individus qu'elle croisait. Haine, amour, envie, jalousie, peur… « Que des motifs de meurtres diraient François » Arrivé devant la poste de Loctudy, l'enveloppe au bord de la boîte, les yeux d'Aimée me regardaient encore. Alors, je retins mon geste, la reposa sur le siège de la voiture. Finalement, je la porterai en main propre lundi à Quimper. Je rentre à la maison.

— Je suis chamboulé, Justine, je crois que je suis tombé amoureux de la Reine des graines.

— C'est mon mari ou le cochon qui dort en lui qui me parle ?

— Le biographe ! C'était bien ta répétition générale ?

— Espèce de mufle, pour ta peine le cochon finira les restes que j'ai préparés en quiche.

Notre soirée se termine doucement même si le regard d'Aimée s'insinue constamment dans mes pensées.

Ma nuit est agitée et vers cinq heures du matin, je m'installe dans mon bureau pour relire la biographie. Je corrige des coquilles, je me repose d'autres questions et je m'effondre sur le fauteuil.

Il est sept heures du matin, les trois mouettes sont sur le mur de la maison, elles sont agitées, caquètent, volent dans tous les sens, frappent sur les carreaux de ma baie vitrée. Pourquoi ne sont-elles pas à Bénodet ? Il se passe quelque chose de particulier ?

Justine entre dans le bureau avec une tasse de thé, la pose sur mon bureau, regarde le ballet des trois mouettes et me dit :

— Elles savent ce qui vient de se passer.

— Quoi, que s'est-il passé ?

— Je viens d'entendre à la radio que deux personnes âgées ont été retrouvées mortes dans leur lit, au Grand Hôtel de Bénodet avec pour seul message d'adieu une biographie posée entre les deux corps.

Je reçois l'information comme un uppercut dans l'estomac. Je revois ce vieux monsieur perché sur son rocher, j'entends sa voix qui résonne en moi .

« Mon Ombre et moi avons décidé de finir notre vie et il est temps pour moi de raconter notre histoire. »

Tout était prévu et pourtant, je ne l'ai pas vu venir… Justine respectait mon silence mais ce sont les trois mouettes qui me ramenaient à la réalité.

Elles tournent autour du rocher comme pour continuer à protéger « leur petit » puis elles reviennent vers la maison. Elles se posent sur le rebord de ma fenêtre, frappent sur les vitres avec leur bec pour nous saluer et s'envolent vers le phare de la Perdrix, virent vers l'ouest, à l'opposé du château rose et disparaissent au loin.

Je pris l'enveloppe adressée à Monsieur le Procureur de la République, la déchira ainsi que la lettre sur les circonstances de mon envoi. Je plaçais les deux tapuscrits sur mon étagère à biographies et laissais le juge que j'étais décider qu'il y avait prescription.

« *Nous avons décidé, unis dans l'amour,
de ne pas nous quitter.* »
Stefan Zweig et sa femme Lotte

Table des matières

Le juge	11
Le biographe	17
Le client	21
1er enregistrement : l'enfance	25
2e enregistrement : la famille	35
3e enregistrement : mon ombre	47
4e enregistrement : les années collège	61
5e enregistrement : le premier amour	75
6e enregistrement : le temps des rêves	91
7e enregistrement : Paris	101
8e enregistrement : l'Amérique	119
9e enregistrement : les Indiens	133
10e enregistrement : la Résistance	151
11e enregistrement : le temps du travail	173
12e enregistrement : le barrage de la Rance	191
13e enregistrement : la Chine	207
14e enregistrement : Guezouba, le barrage	225
15e enregistrement : Tibet, Népal	241
16e enregistrement : retour à Loctudy	265
17e enregistrement : le projet	283
Voilà l'origine de tout	291
L'aboutissement	297

Mise en page et couverture : © les Fabricantes
Dépôt légal février 2020

Achevé d'imprimer sur les presses BoD - Books on Demand,
Norderstedt, Allemagne